長城上
蛻變的月亮

蕭悅◎著

蛻變是堅持後的必然

言武門教育系統創辦人 **許宏**

這本書值得典藏，必須遠傳，因為那是中華兒女面對生命的態度，那是源起炎黃不可睥睨的堅強。

字字句句都是流著血淚的倔強，段落篇章都是痛徹心扉的絕響，引領我們在逆境中不失望，順境時不張狂。

在你抱怨人生時，請你從頭看一看。在你感受無助時，請你隨緣翻一翻。你會發現你的困難只是夢一場，你會知道你的力量尚未真正釋放。

一顆來自湖南鄉間的種子，隻身北上。體驗北風的蒼涼，感受都市叢林魑魅魍魎的虎視眈眈。受了傷，不忘活了下來。驚得慌，依舊責任滿肩扛。這樣的靈魂意志力，穿越了血肉之軀所能承載的迷茫。這樣的勇敢可比久戰沙場男兒漢。

蕭悅一路穿越險阻，過關斬將，總是貴人無數願意幫，那是福蔭累積的過往，也是自助人助天必助的自然。

蕭悅失學不倦學，習真習善不惜傷，堅持在這山再望下一山，不給自己設限，不給自己絕望，因為她相信夜再長，天總是會亮。

無限可能的八號人，正是「8」橫躺的無限希望。巧婦難為無米之炊，空口難證無實之謊。蕭悅的孝順已是最強，蕭悅的仁義有緣皆嚐，蕭悅的遠見與大愛不斷延伸，正在發揚。

蟲作繭自縛不是給自己找麻煩，而是蛻變之前必然的醞釀。沒有忍住無以言喻艱辛輾轉，何來蛻變羽翼的力量。

閱此書，智發光，生命總有斷腸時，峰迴路轉皆希望。堅持，蛻變乃必然。

保心方能保行，保愛方能保險

臺灣企管顧問協會理事長 **劉邦寧**

　　邦寧浸潤在金融理財保險行業數十載的歲月裡，穿梭了數十個國度，翻閱了生命起承轉合無數，看見各類人種的潮起潮落，細讀此書，依舊不免觸動深處，因為那是同頻共振的體悟。

　　以花甲之年的邦寧而言，作者蕭悅老師的年紀有如童稚，以各有天地命運的安排而論，蕭悅卻提早歷練了很多人終其一生無法扭轉的考驗，著實讚嘆。

　　身為創業家、企業家的她，卻在建構了生命各種成就之後，前進理財保險的服務，這又是另一種放下身段與燃燒智慧的勇敢。若不是愛的深耕，不會有這樣的決心；若不是心的沉澱，不會有這樣的壯志。

　　一個人的心念，決定了行為。

　　一個真正有愛的人，也才能穿越了風險。

　　於是，邦寧深深感受：保心方能保行，保愛方能保險。

　　保險是一個崇高的行業，是一份救贖人們於水深火熱之中的志業，是一個堆疊著真誠不畏風雪，只為傳遞溫暖的天使之愛。

　　保險是一個鍛鍊被誤解而不改其志的修行，是一個唯恐有緣人受傷害、防範於未然的布道者。更是彌補各種無常來臨之時，愛依舊存在的偉大力量。

保險需要使命感，需要人飢己飢的感同身受，需要一種大水澆不熄的熱情。在你不懂時，我在；在你需要時，我在。當我已不在，我的愛依舊在。

　　蕭悅是快樂天使，把快樂遍布了全身每一個細胞，讓人在靠近的剎那都能感受愉悅的溫度。

　　今天這本書，置於床頭，每每翻起盡是感動的吹拂。有如莫扎特的安魂樂章，洗滌著身心。

　　邦寧盼望這本書如同病毒迅速傳染每一個角落，因為這是全世界最偉大的愛，旋風式的正能量擴散，所到之處，生根茁壯開花結果，引導每一個生命皆能遊刃有餘的春生夏長秋收冬藏。

　　邦寧感動，於是推動！

穿越海峽的無限感動

中國信託資深經理、激勵演說家 **楊心瑜**

深夜，細品這本書的初稿。

一個人，一樽酒，兩行淚，穿越海峽震心扉。

今年八月，來自北京的同門師兄專程來臺北研習「言武門紫微斗數」，這是我們第一次相遇。看到她正面積極學習的展現，我想這一定是北京最前衛的企業標竿，令我肅然起敬之情油然而生，卻也在看完了這本書的初稿更加震撼。

一個來自湖南的北漂女孩奮鬥的故事，遠遠比起我們的淒涼更摧殘，而她卻是堅韌的翻轉，所有的一切一肩扛，這是時下年輕人難覓的勇敢。我彷彿也見到了自己的影像，在那雪地攀爬，在那乾澀無情的空氣中蒸發，揮舞著天蠍的臂膀，甩尾硬撐的堅強，令我有著同頻共顫的激昂。

你是愚蠢還是聰明，只看一件事。

真正的智慧是——所有負面的事情，都正面看待。

實在的笨蛋是——所有正面的發生，都負面解讀。

而蕭悅就是前述的智慧榜樣，雖然她的年紀還那麼後勢可期，無可限量。令人敬佩，值得學習。

不要用神的標準去要求一個人，因為你會很失望。

不要用人的貪婪去祈求一尊神，因為你會更失望。

而蕭悅就是用神的標準在要求自己，不貪婪，不祈求，只有奮戰，所以不讓人失望。

　　成功者持續學習，因為他們覺得不學，隨時就敗了。

　　成功者不會逃避失敗，因為他們想要更高層次的成功。這就是我認識的蕭悅。

　　這本書，光書名就耐人尋味。

　　長城，是我們遠在臺灣看不到的雄偉。長城上的月亮，卻是那投映古今的皎潔。蛻變，豈不令人雀躍。於是這書讓人迷醉，卻更能讓人把萎靡摧毀，我強力推薦，閱此書，勝過十萬雄軍聲聲催。

解釋寰宇心月明

北京資深執業律師 **解宇**

在北京律師執業 22 年來，我看過太多的人生起落，解套過無數的紛擾，將專業置身於規矩，將情感凌越於事件，讓冷靜與淡漠揮灑於這社會的疑惑，也才能有我服務超然的成果。

長城離我很近，但那是遙遠的感受。

月亮離我很遠，但那是咫尺的清透。

長城上的月亮不曾照耀我，而這本書卻也潤然我雙眸。

北漂一族的滄桑，早已把紫禁城淹沒，北漂一族那種尋根紮地的勇敢洪流，早已繞行了二環、三環、四環後，五環、六環又交錯。卻也因為他們的奮鬥，才讓京城的故事更加精彩而不寂寞。

永遠不要瞧不起誰，也恆久不斷顛覆別人的瞧不起。

學習你所發現的驚嘆，成就自己下一刻的被讚嘆。

這是本書字裡行間不斷湧現的感動。

人人想做大事，但在合乎法規的範疇中，大事的完成只有兩種方式，一是醞釀很久的能量瞬間引爆，一是持續堅持的小事不曾消失。

作者蕭悅老師兩者兼具，值得讚嘆與效法。

長城上，蛻變的月亮，我已見到，為我瞬然解析了多項細膩的寰宇之謎，光亮了心靈，無限感激，分享予您，願廣傳之。

交代

　　2017 年是我翻轉生命的一年，完成了很多新目標，打造了很多新紀錄，其中一項卻是我曾經永恆的夢想，發願於 2017，完成於 2017，完成了我今生的第一本書。

　　這本書是我給自己這些年來的一個較清晰的交代。揮別種種的不堪，道別血淚的過往，迎接下一個階段的燦爛。

　　愛過恨過失落過，窮過富過無奈過，笑過哭過煎熬過，自卑得瑟淡定過，幸運悲慘交織過，一切都已過，再回首已不再感到難過，至少確認了這一切沒有白過，生命沒有絲毫的錯過，只有對未來的憧憬，一步一腳印，一本初衷，認真踏過。

　　感激曾經所有的發生，傷害令我成長，貴人渡我過關，每一個人事物的出現，對我而言都是有意義的力量，我珍惜，我感恩。

　　感恩師父許宏協助我完成而出版了這本書，這是如同夢境般的不敢想像，而今卻也真實呈現在眼前。如同師父所言：「只有要不要，沒有能不能。」、「因為腦容量很小，只要想得到，就一定能做到。」感謝這一路給我支持、鼓勵、打氣的家人和朋友，讓我真正感受到命運路途並不孤單，今天這份喜悅與你們同享。

　　最後，我用最誠摯的心，最火熱的雙手，將這本我生命中的處女作獻給我的爹娘！沒有你們，就沒有今天蛻變的月亮，長城再長也因為您們的撫育教養，才有女兒我今天的不一樣。如果我是月亮，您們就是我永遠的太陽。

　　爸媽，我永遠的最愛！我永遠的感激！謝謝！

目錄

Part2 登高遠眺遇見自己

Part3 蛻變的月亮就是太陽

Part1

堆砌生命的長城

當我已什麼都沒有

必然恐懼繼續被搶奪

揮汗歷練每一個煎熬

是為了鍛燒每一塊磚頭

含淚堆砌踏實的城堡

才發現險阻竟是萬里之遙

但我願意咬牙繼續

不到斷氣絕不放棄

▉開始寫自己

　　我對師父說了內心深處的聲音：「我一直有一個夢想，想寫一本自傳。」

　　師父說：「那你就開始寫。」

　　我：「我寫作能力很差。」

　　師父：「你不要否定自己。」

　　我：「可是一聽到寫，就一片空白。」

　　師父：「就寫你此時此刻的心情。」

　　我：「這是達不到彼岸的美夢吧！」

　　師父：「有些人的文字很精美，卻沒能賦予靈魂。」

　　我：「我真的可以麼？」

　　師父：「孩子你可以做到，只是你忘記了自己能。」

　　認識我的人都知道我的故事，有讚嘆、有欽佩、有吃驚、有憐愛，但我從沒寫下來。

　　人生在世短短幾十載，經歷風雨才能領悟人生苦短。因此必須珍惜身邊的人事物，用心去體會現在。

　　人走了，並非徹底消失在這個世界；

　　不恐懼，因為是另一個新的起點；

　　不遺憾，所以我決定──開始把自己寫下來。

▋這一刻，我選擇勇敢

「沒有交學費的同學，抓緊時間去財務部繳費！」班主任進來第一句話。

琳兒不由自主的手縮到包包裡，被裹得緊緊的一圈錢，默默的低下頭！腦袋裡不斷浮現出父母親糾結的表情和對話：

「唉！孩子們都睡了吧？」爸爸問。

「是啊！都已經睡了。」媽媽。

「現在就只有借到這 2500 元，不然給琳兒上學，妹妹們先停一年學吧？都是我沒用，孩子們上學的錢都沒有。」爸爸內疚自責的說。

「也只能這樣，琳兒上完學也就可以工作了，家裡壓力就能好一些，你也別責怪自己了，一家人平平安安的在一起就好。」媽媽安慰爸爸道。

聽到父母親這段無奈的對話，琳兒默默的在被窩裡流淚……

返校已經一週了，口袋裡的 2500 元卻越來越沉重，爸爸近兩年老了許多，曾經高大的身軀，現在變得越來越消瘦了，白髮爬滿了父親的頭上，曾經生活無憂的家庭，如今卻 2500 元還需要四處籌借。

雖然琳兒不能接受改變，但知道自己是老大，是姊姊，可以去打工賺錢，妹妹還小不能停學，琳兒起身朝著校外跑了出去，直奔火車站，乘上回家的火車。

「要想掙錢去廣東，要想學習去北京。」腦子裡突然冒出這句話，回到家把錢留給妹妹們上學，留了一封書信就離開了家，

懷揣著夢想踏上了嚮往的首都北京……

　　蕭悅就是琳兒，這就是我生命難忘的奮鬥開端，我，接受這一切的發生，我選擇「勇敢」。

▐ 感恩神仙姊姊的：「快！快！我拉你上來。」

離長沙開往北京的列車發車時間越來越近了，琳兒一路飛奔跑向檢票口，趕到時離開車只有五分鐘，已經不允許再檢票了，只能選擇明天的火車了，想著自己身上僅有的 100 元，都不知道如果沒有上車，今天晚上該住在什麼地方？

她幾乎帶著哭聲的哀求檢票叔叔放行讓她進去，叔叔也許是看到了琳兒的真誠，打開了檢查口放行，琳兒快遞穿過檢票口，大聲的朝著叔叔再次喊出一聲：「謝謝您！」

她趕到列車旁邊時，這是一個綠皮的火車，上車二層臺階已經收起來了，琳兒跑向離她最近的 5 號車廂，乘務員看了琳兒一眼冷冷的說：「你離車遠點兒，沒看見都收起來了嗎？現在已經不能再上車了！」琳兒前進的腳步就定在了那兒，不敢前進半步。

此時此刻她的內心開始退縮了，被冷漠的拒絕嚇到了，突然一個信念閃現在腦海裡：「今天我必須上車！」停頓片刻的琳兒，開心的笑了笑，她繼續沿著一節一節的車廂跑去，一次次的請求乘務員，期望有人可以拉她上車，卻全部遭到了無情的拒絕。火車已經開緩緩的移動了，琳兒的心也跟著緊張急迫起來……

當奔跑到 18 號車廂，看見一個很年輕、很漂亮的姊姊時，琳兒幾乎失去了再次請求幫助的勇氣，只是想到口袋裡那唯一的 100 元，想到自己的信念，不管怎樣琳兒一定要堅持到最後，迅速調整好心態，最終決定再試試，她鼓起勇氣朝著姊姊大聲的說：「姊姊！我真的需要今天去北京，請您拉我上去，好嗎？」

說完深深的鞠躬，閉著眼睛不敢起身，只聽見頭頂飄過咯咯

的笑聲，抬頭便看到姊姊伸手向琳兒：「快！快！我拉你上來。」

清瘦的琳兒很輕鬆的被姊姊拉上列車，那一刻琳兒近距離的看到了這位美麗動人的神仙姊姊。

「天神派來搭救我的吧？」琳兒幸福傻笑著。

除了不停的鞠躬道謝，琳兒不知道該以怎樣的方式表達自己的感恩之心；姊姊看著琳兒滿頭大汗，伸手輕輕的撫摸了一下琳兒被汗水浸濕的頭髮，輕聲的說：「好了，已經上來了，緩口氣！你還沒有買票吧？一會兒從這裡一直往前走，到 7 號車廂找列車長補票，記著中間不能停留哦！」

只覺得姊姊的聲音如鳥兒聲一樣清脆悅耳，她看著姊姊傻傻的笑著，嘴裡除了謝謝還是謝謝。依依不捨的告別了姊姊，琳兒特別聽話的朝著 7 號車廂去補票，一刻都不敢停留。

北漂之路就這樣開啟了……

沒有這個神仙姊姊，我想我的北京逐夢之旅，必然添加了變數。這一刻，有一種知足的、感恩的溫暖。

謝謝。

🏰北京，我來了

穿過臥鋪區來到了硬座區，過道上站滿了人，車廂連結處橫七豎八的躺滿了人，瘦小的琳兒使出全力一邊說：「請讓一下，謝謝！」一邊向前擠去。

7月的夏天，車廂裡充滿著各種味道，參雜在一起形成濃濃的異味，相比之下，琳兒反倒覺得自己身上的汗臭味更讓自己覺得舒服些！

終於看到了7號車廂的數字，琳兒使出全力的努力往前擠著行走，謹記姊姊說過一刻不能停留的，她得馬上找到列車長告訴她需要補票才行。只見右前方有一塊隔離開來的櫃檯，裡面站著一個穿工作服的男子，在櫃檯前排了許多人。

「這兒應該就是補票的地方了！那個叔叔就是列車長吧？」琳兒長舒一口氣心裡想著。

她站在隊伍的最後一個，等待著一個一個的辦完離開，就在前面還有二個人的時候，列車長突然站起來朝著我們說：「你們等著，不要亂跑！」說完就離開朝著8號車廂走去。

餐車上飄過來一陣陣誘人的香味，琳兒不自覺的咽了咽口水，為了趕火車一路焦急的奔跑，此刻聞著這飯香味道，肚子已經咕咕叫不停了，手裡拿著那唯一的100元，琳兒知道那是買火車票的錢不能花。就在這時，列車長回來了，前面兩人等不及已經離開，只有琳兒自己站在補票臺前。

列車長看了一眼琳兒問：「去哪兒？」

琳兒弱弱的回覆：「北京。」

列車長頭也不抬的說：「198 元。」

琳兒趕緊從書包裡掏出學生證，急迫的解釋道：「我有學生證，應該是 99 元。」

列車長看了看學生證，抬頭看了看琳兒，琳兒用期待的目光看著列車長，心裡暗暗想著：「千萬不要不能用學生證啊！只有 100 元錢了，不然會被趕下車的，到時候可就慘了。」

奇怪的是，列車長像是讀懂了琳兒的心思，沒說一句話直接給琳兒辦理了學生半價票。琳兒一邊鞠躬致謝列車長，一邊接過那餘下的 1 元錢，心裡卻好是開心的笑了起來了。

拿著補好的票，琳兒緊張的心鬆了口氣，心裡對著姊姊說：「姊姊，我已經補好票了，請你放心！」

拿著補好的票，環繞四周才發現自己沒有地方可以站，過道上人來人往，二側已經站滿了人，琳兒努力的尋找著一個可以靠著的地方，接下來的白天黑夜都是需要站著度過，靠著多少可以讓自己沒有那麼的累。

尋覓了許久，最終還是沒能如願，可以靠著的地方都被人占著了，她剛剛消耗太多的體力，還沒吃東西，此刻的琳兒實在太累了，就近找了一個座位的靠背扶著，心想：「就這個位置吧！」

終於安頓下來了，琳兒心情舒暢起來，嘴裡歡快的哼著：「我愛北京天安門，天安門上太陽升……」想著此刻離首都北京的天安門越來越近，那份激動的心情讓琳兒興奮不已！

「北京，我來了！」

媽媽，陌生人也有好人

　　列車穿過田野、山洞、城市、村莊、橋梁……，朝著北方快速的行駛著，不知道過了多久，窗外的風景依稀變得越來越暗了。天開始變暗了，漸漸的窗外已經是一片黑漆漆的，偶爾能見到窗外的星星點點的燈光，琳兒心裡想著：「大概是誰家正圍成一桌，一家人在美美的吃著晚飯吧！香噴噴的飯菜味道真是美極了！」

　　琳兒想著想著已經完全入神了，彷彿看到了滿滿一桌的食物，止不住不停的咽口水。饑腸轆轆的感覺湧出，這種感覺漸漸的蔓延到了全身，她餓得沒有力氣的小手，緊緊的抓住座位的靠背，全身上下痠痛無力，額頭不停的冒汗。

　　「你是不是累了？我把我電腦主機拿下來，你可以坐著休息一下！」站在旁邊的一個個子高高的男生，一邊說著一邊已經把主機從行李架取下來。

　　「不用不用，謝謝您！我沒事！」琳兒立刻警覺的回應道，她不希望接受別人的幫助，媽媽曾經對她說過，出門在外不要和陌生人說話。

　　「沒事，這個主機可以坐，你那麼瘦小沒事的！」他朝著琳兒笑笑，話說著把主機已經放到了琳兒的身旁。

　　「真的不用了，我不累！您坐吧！還有很長時間才能到呢！」琳兒禮貌的拒絕了他的幫助。

　　「小姑娘，你坐吧！我看你站了很久了，臉色蒼白了，坐著你能舒服些。」旁邊一位阿姨拉著琳兒坐了下來。

　　琳兒禮貌謝過那位男生和阿姨，只得乖乖的坐著，當她屁股

氈在主機上的那一刻，她已經完全失去了再站起來的勇氣，因為坐著的感覺真的太舒服了！緊繃的身體瞬間就能放鬆了下來。

　　也許是因為太疲憊了，也許是因為太餓了，也許是因為太舒服了，琳兒坐著坐著睡著了。

北京，北京，我終於到了

　　迷迷糊糊中感覺到一片溫暖，也許是深夜太冷的原因，琳兒使勁貼近這片溫暖中，忽然她意識到不對勁，自己不是在火車上？霎時間從睡夢中驚醒，坐立起來看了看帶給她溫暖的人，只見之前說話的阿姨被擠在座椅中間，阿姨發出輕微的鼾聲，琳兒想：「阿姨一直沒有怎麼睡好吧！」因為琳兒就這麼半趴在阿姨的座椅和阿姨的左臂上，琳兒的臉上瞬間通紅，一副尷尬的表情，望著阿姨傻傻的發呆。

　　「你醒了？睡得還好嗎？」琳兒坐著的主機的主人說。

　　「哦！謝謝你，我睡了多久了？」琳兒還沒從剛剛的情緒中緩解過來，抬頭仰望著那個好人男生。

　　「你睡了五、六個小時。」他計算了一下回答道。

　　「啊！這麼久了？」琳兒吃驚的從主機上站了起來。

　　「噢……」琳兒站立起來的瞬間，才發現自己全身麻木痠痛的狀態，身體只得停留在半起身的模樣，已經麻木的神經帶動著全身痠痛的肌肉，一陣拉扯的疼痛讓她忍不住發出了聲響。

　　「你怎麼啦？」說時遲那時快，好人已經攙扶著琳兒，否則琳兒大概已經直接摔在地上了吧！

　　琳兒忍著疼痛，慢慢的讓自己的身體回到主機上，下意識抽回被攙扶著的手臂，頭也沒抬的說：「謝謝您！真是不好意思。」

　　「沒事，你是一個人去北京嗎？」他回答。

　　「不是啊！我到了北京就有人接啊！」琳兒趕忙回答。

　　「有親戚在那邊嗎？那你在長沙做什麼？」他繼續問。

「對啊！我在長沙上學啊！」琳兒已經開始緊張了。

「什麼學校？我在長沙國防大學念研究所，你是湖南當地人嗎？」他繼續問。

「我……我是邵陽人。」此刻的琳兒已經很不爽了，媽媽說過不要和陌生人說話。「可是他幫過我，我又不能不理他，但是問題也太多了吧！」琳兒盡可能的少回答問題。

「哦！邵陽離長沙還有一段距離，我就是北京的。」他看出琳兒的心思，也不再追問下去。

「你餓嗎？我這裡有一些吃的。」他一邊說著一邊拿出了一些東西。

「我不餓，我正在減肥，晚上不吃東西。」琳兒立刻回應道，媽媽說過不能吃陌生人的東西。

就這樣一問一答很久很久，琳兒已經不記得問了些什麼，但是她知道她的回答已經越來越混亂了，重複同樣的問題，她答得不一樣的結果，她自己都不記得上一個答案是如何編的了……

而好人男生卻好像很樂意和琳兒這樣的聊天方式。琳兒一直處於低著頭的狀態，目光剛好可以看到他的腿，看著他一直抖動的腿，琳兒有種自己快要進入夢境的感覺。

中途阿姨醒過來一次，琳兒趕忙對阿姨表達歉意，阿姨安慰琳兒說：「沒事的，出門在外都不容易，一個小女孩更是不容易。」說了幾句話之後，不知阿姨是不是太累了，說著說著又睡著了。

而琳兒一陣睡覺一陣回答著好人男生的各種問題，一路上都是在迷迷糊糊中度過的。天早已經從白天到黑夜，從黑夜到白天，從日出到正午……。不知道過了多久，忽然聽到廣播說：「各位

旅客，你們好，歡迎你們乘坐 T1 次列車。我是本次列車的廣播員，前方到站是北京……」

　　到北京啦！琳兒夢想中的首都北京就要到了，她內心澎湃的心情立刻湧出。起身和阿姨、好人男生一陣感激和道別，就往下車的走道中走去。琳兒趴在玻璃上向外望，心裡吶喊道：「北京，北京，我終於到了……」

好人男生，謝謝您

下車後，琳兒以最快的速度消失在茫茫人海中，出站後走了很遠，一路詢問終於找到了一家公用電話，琳兒興奮的撥著電話號碼等待接聽。

「喂，哪位？」對方接聽的是一個女聲。

「您好！我想找一下李曉。」琳兒急忙回應。

「沒有這個人……」嘟嘟嘟！電話已經掛斷了。

「一塊錢。」公用電話的老闆催著。

握著手中唯一的一元錢，很不捨得遞給了老闆，老闆接過錢對後面的人說：「下一位。」琳兒多想再和老闆說：「請讓我再打一個電話吧！」但是琳兒沒有那個勇氣，只得默默離開電話亭。

突然琳兒感覺到目光的注射，下意識的反應：「這會不會被壞人盯上了呀！媽媽說出門在外一定要保護好自己。」完了完了！琳兒警覺的去掉剛剛沮喪的狀態，一路上沿著有員警叔叔的地方一直繞啊繞。

琳兒不知道自己接下來該怎麼辦？

不知道還有其他的方法可以找到親人？

不知道是不是真的被壞人盯上了？

一邊尋覓著什麼樣的位置很安全，可以幫她度過今天晚上，一邊警惕性極高的進行各種繞。不知道繞了多少個北京西站，琳兒已經又累又餓滿頭大汗，太陽公公已經走了 90 度角快要落山了，琳兒腳步開始放緩下來。

「喂！你別走了！」跟在琳兒身後的聲音。

　　琳兒回過頭看了一眼，跟著她的居然是之前那個好人男生。「他為什麼要跟著我呢？」琳兒不語，她想聽聽他要說什麼？

　　「你別再走了，我已經跟不上了，你也走得太快了吧？」男生背著背包，雙手抬著主機，滿頭大汗，身上的背心明顯被汗水浸透了，說話聲音上氣不接下氣的道。

　　「你這是在繞圈？你準備去哪兒？」他站到琳兒面前好半天，調整好了狀態後問道。

　　「我去哪兒幹嘛要告訴你？」琳兒就這樣看著眼前的一切，裝作若無其事的回答。

　　「好吧！你去哪兒我也不問了，但是我實在跟不動你了。」他有些無奈的看著琳兒，接著說：「你是不是已經沒有錢了？」

　　「我也沒讓你跟啊！你幹嘛要跟著我呀？」琳兒覺得這個人好不可理喻，「我有錢，我當然有錢啦！你趕緊回家吧！」

　　「給！拿著！」他一邊從口袋裡掏出錢，數了十幾張遞過來。

　　「我有錢，我為什麼要你的錢？」琳兒被這一狀態嚇著了不知所措的愣住了。

　　「好吧！你有錢那我就不管你了，我已經跟你跟得好累了，該回家了。」他裝著一副真的不管的模樣，手開始往回收。見琳兒還是沒有任何反應，繼續道：「想想你今晚上住哪兒？有錢至少可以找個旅店住，沒有錢只能睡馬路上啦！」

　　「這樣，我只要一百元。」琳兒聽完他的話，想著今晚上怎麼辦？從一沓錢中抽了一張一百元，琳兒決定收下這一百元。

　　「等一下！」她從書包裡掏出一個小小的電話本遞過去：「你把你的電話號碼留給我，等我掙了錢還給你。」

「好啊！不過如果你實在沒有找到住的地方，記得給我打電話。」他接過琳兒的電話本，寫下自己的電話號碼再還回給琳兒。他把主機從地上抬起看著琳兒：「那我就走了啊！你記得有事給我打電話啊！」說完還沒等琳兒回答就走了。

　　琳兒此刻望著那個背影一點一點消失在人海中，許久都沒有緩過神來，感動的淚水已經淹沒了她的臉龐，內心深處對著離去的背影默默說了一句：「謝謝您！」

▐ 所有的發生都是最好的發生

　　望著好人男生遠遠離開之後，琳兒才慢慢緩過神來，這時她才仔細的觀察北京西客站，她自己已記不清繞了多少圈，只是感慨西客站好大呀！好在琳兒基本上已經可以清楚知道西客站的進出口位置、周邊配套和方向了。

　　電話約定在郵政儲蓄銀行門口等待著，天漸漸的開始變暗了，琳兒焦急的心情也越來越不安起來。她眼睛不斷的向四處張望，突然她發現一個熟悉的身影，欣喜萬分的朝著親人奔去。站在他身邊時，琳兒不安感的心才放下來。

　　尾隨著一路穿過很多的路和立交橋橋洞，走了許久才走到可以打車前往目的地的地方，一切在遇見那個好人男生後，變得越來越順利了。

　　琳兒靜靜坐在車裡，目光投向了窗外，此時的窗外已經看不見什麼了，只有路燈和來回的車輛的燈光，只是琳兒的心卻被拉回了那讓她永遠無法忘懷的回憶中……

　　「你看，那就是那個蕭家那誰的女兒！」

　　「是啊！她是老大吧！」

　　「聽說蕭敗落了不行了！」

　　「是啊！他生的全是女兒。」

　　「就是，這輩子啊！都別想翻身了。」

　　「可不是嗎？他家就沒一個兒子。」

　　……

　　龍鎮說小也小、說大也大，對於那時候的琳兒，可以說那是

她全部認知的地方。父親的衰敗很快就傳進了家家戶戶，昔日的輝煌早已不在，每走過一條熟悉的街道，身後留下的只有這些指指點點。

從小被父母無比寵愛的琳兒，面對家庭的突然變故，還沒來得及改變心態去接受，就需要承受人們的各種指點。琳兒咬牙從一旁默默的走過，加快速度只想快點離開，直到最後，只留下那一群人的哈哈笑聲。那一刻琳兒發誓：「總有一天，我一定會為我爸爸爭氣！證明我爸爸的女兒也是最棒的！你們等著！」

琳兒終於來到了夢寐已久的首都北京，她也是生活在這個都市的一部分了，雖然她不知道未來會怎樣？她應該如何去做？但是她卻十分清晰的知道自己的信念：「我要學習！我要改變！我相信命運是掌握在自己的手裡，我想要什麼樣的生活，我就一定可以做到。」

在北京時間不久，琳兒和父母親在商量妹妹們上學的事情時，琳兒把自己曾經聽到的聲音告訴了爸爸媽媽，她不希望妹妹們承受這份傷害，她們畢竟還那麼小。琳兒覺得如果自己都可以聽到這麼多的輕蔑的嘲笑，可以想像到父母親聽到的只會比她的更難聽吧！琳兒有了一個大膽的想法：可以的話我們一家都可以選擇在北京生活，哪怕再苦再累，一家人在一起不離不棄才好。

也許是父母親拗不過琳兒，也許是父母親承受著巨大的壓力也累了，也許父母親心疼自己的孩子們，爸爸媽媽很艱難的做出了決定，一家人全部選擇來北京，無論前途多麼渺茫，無論未來會發生什麼，也要一家人在一起不分開。

所有的發生都是最好的發生。

未經滄桑，何來成長。

未跌谷底，何來翻轉。

琳兒不懷念曾經的天堂，因為那是暫時回不去的地方。

虎父無犬女，我想我會是獅子王。

感恩命運安排的天上人間，感恩歷練地獄現前的夢一場。

我是俏姑娘，更是男兒漢。

蕭灑走一回，越磨月發光。

再造一次鐵血遺傳的輝煌。

▉ 北京不是我的故鄉，卻是我最愛的家

西村位於市偏僻的鎮上，琳兒一家租了一間價格非常低的平房，整個房間放著二張用磚塊疊起來的床，中間用一條細線掛著一層薄薄的簾子，不遠處有一個生了鏽的二手燒煤塊的爐子和一張極小的桌子，就這樣，一家五口人擠在不到 15 平米的房子裡，在北京安了家。

過去的已經過去了，這是琳兒那一刻在北京最溫馨的家，因為此刻爸爸媽媽妹妹們都在自己的身邊。

琳兒返回學校，將自己的全部家當帶去北京，居然大大小小的打包了四、五個袋子，她幾乎所有東西都沒捨得扔掉，全部裝進袋子裡。因為她知道每一件東西如果她帶走，家裡就可以增添一份溫暖。琳兒想著正在發呆，蕭家哥哥和成哥哥來了，他們是來送她去火車站的。

學校一年時間裡，對待琳兒最好的就是這二個哥哥和易哥哥。蕭家哥哥是老家的哥哥，比琳兒年長幾歲，眼睛大而有神，也許是因為同時出門在外上學，又是本家的緣故，對琳兒算是非常照顧，無論琳兒遇到什麼不開心的心事兒，即使她什麼都不說，蕭家哥哥卻總是笑呵呵的逗琳兒開心。

成哥哥是蕭家哥哥的同學，他倆也是特別要好的朋友。還記得第一次見著成哥哥的時候，琳兒覺得他個子高高的，特別斯文的，個性也很隨和。琳兒每次跑到哥哥班裡去玩時，都特別喜歡找他倆玩。心裡很多事兒的琳兒不喜歡和別人說，只有在二個哥哥這兒才能找到些許溫暖，不再覺得自己孤單。

　　哥哥們輕鬆的拎起包裹，只讓琳兒拿一件很小的東西，帶著琳兒一起朝向校門外走去。走到校門外時，琳兒站在學校大門口，望向大門上的牌匾，琳兒心裡酸酸的，她知道自己從此以後就再也不可能再踏進學校的大門了。

　　這一刻開始，她便走向了社會，需要承擔家裡的生活費用、妹妹們的學費、債務……等，她只有努力去做好，才能改變家裡的現狀，恢復原來的生活。琳兒在內心告誡自己：「琳兒，你一定可以做到的！加油！」想到這裡，琳兒微笑著轉身，跟著哥哥們的後面，朝公車站走去……

　　哥哥們幫她把大包小包的東西放在行李架上，便下了列車，琳兒開始四處尋找著他們在月臺的身影，可是她怎麼也沒有看到哥哥們，她不知道是不是他們不願意看著自己傷心躲起來了，還是已經走了。

　　一直到列車已經緩緩行駛起來了，最終還是沒能看見他們，直到列車離開月臺很遠很遠，一直趴在窗戶上的琳兒已經滿臉淚水，她不知道這樣的分別，未來何時還能再見？

　　列車剛剛進站，琳兒就看見了爸爸，爸爸連扛帶提的把所有包裹放到自己身上，不讓琳兒拿一件東西，就往月臺外走，琳兒硬要自己拿一部分，爸爸還是不同意。最後都拿出父親的威信吼，琳兒只得像個小孩子一樣跟在爸爸後面。

　　琳兒在學校裡的東西扛回家之後，給這個溫暖的小家增添了許多溫暖，15平米的空間不再顯得那麼空蕩蕩的。此刻爸爸在整理琳兒的東西，媽媽開始準備做飯，妹妹們正無憂無慮的嬉鬧著，琳兒對於這樣的生活已經感到特別的滿足了。

遠離家鄉，這是一個重新開始的概念。

因為有太多的傷痛，覆蓋了原本美好的一切。

家，是安身立命的地方，誰都需要她。

家不求大，只要最愛人都能住在一起，心在一起，那就是最溫暖的家。

初期是療癒，中期是努力。

長期，就是不讓翻轉命運，變得遙遙無期。

把一家人的心都栓在一起，那股力量震撼天地，至少對琳兒來說，是一個最強悍的激勵。

北京，我愛你。

▉ 明天來上班吧

在西村的出租屋內，琳兒家的家庭會議正在進行，最終決定爸爸和琳兒出去掙錢，媽媽在家做飯，兩個妹妹自然是上學。

琳兒為了給自己勇氣，帶上了二妹一起，她們開始沿著主街一路向上走，穿過一家一家門店，琳兒有些迷茫了：「我以後究竟要怎麼走自己的人生呢？我應該怎麼做呢？這麼多的行業我到底要做什麼呢？」一路邊走邊琢磨著。她期望有那麼一個門店，可以讓她看到的瞬間眼睛放光。

飯店、書店、美容店、打字複印店、摩托車店、小吃城、超市、商場、花店……五花八門的行業正在招人，一路走下來都沒能看到一家讓琳兒興奮的資訊。

從最北邊一直走到靠南邊的中心商城附近，琳兒看到一家大大的門店——「聯想電腦專賣」，那一刻琳兒眼神都冒光，心情一下興奮得不行不行的，看到門口的招聘廣告，她再也抑制不住內心的澎湃，向著門店拉著二妹走過去。

就在快到門口時，琳兒突然停下前進的腳步，她害怕了。自己什麼都不懂，還沒有學歷。「她們會要我嗎？」不自覺的腳向後退縮了回來。

「姊，你怎麼啦？進去啊！」二妹看著剛剛還很興奮的姊姊，對她現在的行為有些不解的問。

「哦！我們看看再說吧！走，回去。」琳兒不能說自己膽怯，拉著二妹往回走。

琳兒不斷往回望過去，內心深處卻是那麼期望可以進去啊！

膽怯恐懼的心理讓她選擇退縮，只是內心那份不甘不斷的在沸騰。

連續三天，琳兒去了聯想電腦專賣店門口，又退縮回去，一路上她心裡也只有這家門店，生怕哪一天看見那張招聘廣告不見了，琳兒滿腦子都是電腦、電腦、聯想電腦⋯⋯

「大姊，你怕什麼？進去吧！萬一他們招好了怎麼辦？」二妹跟著琳兒來了三天，看懂了姊姊的心思，鼓勵姊姊道：「你進去吧！不行我們還可以看看別的。」

琳兒看著二妹，忽然覺得自己怎麼這麼軟弱，還不如妹妹的勇氣呢！她暗暗下決心：「我得進去，但不是試一試，我一定要在這兒工作。」於是向妹妹點點頭，琳兒朝著門店走去。

琳兒跨進門店大門的瞬間，感覺到室內空間好大，心裡又開始莫名的緊張起來。定了定神掃視一周，找到一個角落走過去，心裡一直在琢磨自己一會兒該怎麼辦？該怎麼辦？完全忽視了周圍的人和事。直到走到了角落，一個男生前來問她需要什麼？琳兒才晃過神來說明來由。

時間一秒一秒的向前推進，琳兒站在那兒腦袋已經一片空白，二隻手不斷來回扣著自己的手指，內心隨著時間的推移越來越緊張。就在這時，剛剛的男生領著一個大姊姊出來了，大姊姊長得很和藹，當這位大姊姊的目光和琳兒交錯時，琳兒立刻收回目光投向自己的手指。

「就是這個女孩兒來應聘的。」男生介紹琳兒道。

「我叫琳兒，今年十八歲，我是來應聘銷售員的，我雖然什麼都不會，但是我可以學習的，我的學習能力很強。在學校我是學會計的，不過沒有畢業，請你給我時間，我一定會好好學習

的⋯⋯」琳兒還沒等男生介紹完，深深的鞠躬就開始語無倫次用自己都很難聽清楚的聲音自我介紹著。

片刻琳兒沒有聽到一絲回應，一直低頭的她又不敢抬頭，她不知道是怎麼啦？自己是不是不行啊？就在她心裡各種猜疑時，聽見那個大姊姊說：「明天來上班吧！」

「謝謝！」琳兒立刻鞠躬道謝，心裡興奮極了，轉身朝著大門外走去。門外的二妹也著實替姊姊捏了一把大汗，看著姊姊從裡面面帶笑容的走出來，她知道姊姊一定是被錄用了。琳兒出來一把抱住二妹：「她們叫我明天去上班！」

當我們不得不面對現實時，只能勇敢。

當我們在找尋機會的時候，更需勇敢。

這份勇敢就是為了給自己一個機會，與想要的機會相遇。

沒有前進，何來機會？

否定自己，何來勇氣？

我給了表達自己的勇氣，肯定我當下的一切。

是你的就是你的，不是你的也可能成為你的。

感恩您的錄取，

感恩妹妹的提醒，

感恩我自己的勇氣，

感恩機會的相遇。

♜ 我永遠都十八歲

　　琳兒拉著二妹開心的回家了，快到家的時候，突然她好像想起了什麼。猛的拍一下自己腦袋：「我好像沒問明天什麼時候上班？工資是多少？幾點下班？需要帶什麼東西嗎？」琳兒都服了自己，剛剛緊張過度後全部都忘了問了。

　　第二天一早五點多，琳兒早早就來到了店門口等待著，她害怕遲到了。清晨的外面涼風陣陣，著單薄短袖的琳兒還是冷不丁的被凍得打顫，沒有吃早飯的肚子也發出咕咕的聲響以示抗議。望著不遠處的早點兒，香味隨風飄蕩到琳兒身邊，像是特意圍繞著琳兒的四周，她只得不斷的咽口水，阻止自己想吃的欲望。

　　時間一點一點過去了，六點、七點、八點……，終於在八點半以後陸陸續續的開始來人了，她們直接開門進去開始打掃衛生，琳兒依然站在門口望著屋內忙碌的人，不知道自己該怎麼辦才好？

　　「你不就是昨天來面試的人嗎？你怎麼不進去呢？」昨天那個熟悉的男生聲音從琳兒後面傳來。

　　「嗯……你是昨天那個男生……我能進去嗎？」琳兒有些不知所措的愣了。

　　「昨天姊不是讓你今天來上班嗎？你當然可以進去啊！」男生拉開簾子示意琳兒進去。

　　「哦！謝謝！」琳兒跟著走了進去。

　　屋內大家都井井有條的在各自負責自己的工作，琳兒站在櫃檯外面，他們正在打掃衛生，琳兒尷尬的挪動著自己的位置，避免打擾到他們。一直到九點鐘，開始正式營業了。

「你進來裡頭啊！站在外面做什麼？」男生不解的問道。

「哦！那我應該做什麼呢？」琳兒急忙上前詢問。

「一般呢，你得瞭解整個店裡的所有軟硬體功能和價格，其次學習軟體的介紹和價格，這些你都需要非常瞭解才可以。不然客人來了你什麼都不知道。」男生很熱情的介紹琳兒的工作內容。

「嗯嗯……好。」琳兒完全懵了回應了。

琳兒看著長長的櫃檯上，擺放著她完全陌生的東西，長長的歎了一口氣，捲起袖子開啟學習模式。先從最難的開始吧！電腦的配置以及軟硬體配件開始瞭解。好學的琳兒一邊自己摸索著，一邊跑去跟之前的那位男生請教，因為所有的技術男生只有他看起來可親些，其他的技術男生臉上沒有一絲笑容，琳兒都不敢看他們，更不要說去請教了。

整整一個上午，琳兒對電腦配置有了入門的基礎瞭解了，她在心裡暗暗下決心：「一週以後我一定可以完全瞭解所有的東西及價格。」

到了中午吃飯的時間了，店裡的工作人員開始輪流去吃飯了，輪到琳兒的時候，琳兒自己一人走出店門，望著中午暖暖的太陽，突然的放鬆讓她感覺到自己肩膀的痠痛，跑去附近一家小店子去買吃的。

「這個多少錢？」琳兒指著涼皮問。

「一塊五。」

「這個呢？」指著燒餅夾肉。

「加腸一塊錢。」

「不加可以嗎？」琳兒弱弱的問。

「可以，五毛。」

「那我就來一個燒餅吧！」琳兒心情好了起來。

接過燒餅，琳兒看了看這個長得灰不拉幾的東西，上面一層薄薄的芝麻，帶著溫度的燒餅對南方長大的琳兒來說，還是覺得很硬很硬。她很小口很小口的吃著燒餅，彷彿稍微一大口點兒就會噎著自己了。

下午的時候，那位大姊姊來了，後來琳兒才知道那是老闆娘，大家都叫她姊。姊特別漂亮，待人很溫柔，大家都很喜歡她，姊叫琳兒「蕭」。

「蕭，你有十八了嗎？」姊關心的拉著琳兒道。

「當然……我已經十八了。」琳兒緊張起來，她害怕姊知道自己沒有十八歲會不要自己了。

「哦！沒事，我就問問，你有什麼不懂的就問他們。」姊看出了琳兒的心思，大概怕琳兒緊張也就不再追問，指著邊上技術人員和琳兒說。

下午的時候偶爾會來客人，琳兒已經開始可以交流溝通了，即使有不明白的時候，琳兒也能很順利的完成銷售，因為大部分客人都是懂得，有時客人還會很熱心的和琳兒一番講解，讓琳兒增加了認知。人生第一天的工作完美結束。

還沒長大，急著長大。

因為我急著扛起這個家。

已經長大，盼未長大。

因為我還來不及體會青春時代的少女年華。

　　於是我永遠十八。

　　師父說：「我會讓琳兒重新體會忘了精彩的無憂歲月，補上這一段人生必要的章節。」

　　我感恩著，我相信一切都是最美的安排。

�永遠的英雄

　　琳兒的爸爸曾經是中國人民解放軍軍人，在部隊服役 14 年，參加過二次的越南自衛反擊戰，琳兒覺得父親在她心目中像英雄一樣，她一直引以為豪。

　　爸爸在地方也曾是一方豪傑，在當地的名聲極好，親戚朋友有事或困難都來找爸爸，而爸爸似乎並不懂得拒絕別人，大方慷慨的給予援助。只是爸爸沒有想到的會是，女兒的 2500 元借款的過程讓他痛心極了，那些曾經受過琳兒爸爸幫助和援助的人都敬而遠之，還夾帶著各種難聽的話，諷刺著父親曾經的慷慨。

　　琳兒不知道爸爸在開始找工作的期間遇到了哪些困難，她特別想知道爸爸在做什麼？她心裡非常清楚，爸爸一定吃了很多的苦。爸爸花了 150 元錢買了一輛二手的板車，那個時候北京四處流行著用板車拉人拉貨，爸爸開始了人生中完全靠勞動力來掙錢維持家計的工作。

　　每天晚上回到家裡，媽媽需要用很大的力氣去拍打爸爸的腿部肌肉，爸爸從來不曾這樣的勞動過，一整天的蹬踏板車下來，他的腿痠痛幾乎僵硬的狀態，但是爸爸都不曾發出一句哼哼聲。

　　有時候遇到運貨物的時候，爸爸還得幫著抬上去，高的樓層很高，父親需要一袋一袋的扛著搬運上去；遠的離路上很遠，父親來回的搬運著一袋又一袋的重物。其實他可以拒絕，五毛錢一袋的搬運費他可以不用，只是他從來沒有拒絕過，每次爸爸都是二話不說抬著就走。可又有誰知道這是一個曾經多麼驕傲的英雄好漢，拋頭顱灑熱血拚殺在戰場，只為保衛國家的安危的軍人，

如今卻需要為了生存下去，放棄自己的尊嚴任人踐踏。

琳兒此時此刻為這樣的父親依然感到驕傲！大丈夫能屈能伸，父親在琳兒心中比以前更偉大，更讓她欽佩。父親仍是琳兒心目中的大英雄，琳兒感激父親給琳兒上的這深刻的一課。

早上出門的時候，爸爸還是高大挺拔輕鬆的踏著板車，晚上回來的時候，高大挺拔的身軀躬著身子，趴在板車上艱難的一步一步往回蹬。這一幕幕被跟了一天的琳兒看在眼裡，疼在心裡，琳兒尾隨後面慢慢的走著。

爸爸和琳兒一樣，一整天下來都沒有吃一點兒東西，價格便宜又抗餓的燒餅，就成了琳兒和爸爸白天的食物。

琳兒心痛如絞，她感激父親，但曾經多麼偉岸別人高不可攀的父親，如今為了家人這般艱難的幹活。琳兒絕不允許父親一直這樣下去，她需要改變現狀，改變家庭生活困難，恢復到原來的樣子，不！是比原來更好的生活。

「你回來了？我給你盛飯去。」媽媽看見爸爸回來了，趕忙迎過來關心的問。

「我不餓，剛剛在外面吃過了，明天留著給孩子們吃吧！」爸爸一邊拿毛巾拍打著身上的灰塵，一邊回覆著媽媽。

琳兒站在離家不遠的地方，她可以清楚聽到父母親的對話，她知道父親撒謊，他根本就沒有吃晚飯，他只是想把吃的留給孩子們吃。琳兒再也忍不住蹲下來自己哭了起來，一直到哭夠了，琳兒擦乾眼淚，她知道自己眼睛肯定腫了，進屋的時候低著頭不說一句話的就往床上趴著，爸爸媽媽沒來得及搞清楚狀況，只當琳兒又耍小性子了。

那一夜琳兒徹夜無眠，琳兒知道自己沒有太多的時間去學習，她需要掙錢來改變現狀，不讓家裡人再受苦才好，此刻琳兒心中的目標變得越來越清晰了。

　　你如果問我最愛的男人是誰，

　　沒有第二個答案，

　　就是我心目中永遠的英雄──爸爸。

　　這不是內舉不避親的矯情，

　　而是多年看在眼裡的深刻體會。

　　琳兒雖是女兒身，卻也流淌著解放軍精神的血液，

　　雖沒有在炮火中灑熱血，卻也在生活的戰場上拚搏了一場又一場。

　　我為自己感到驕傲，不只是我闖過了一關又一關。

　　而是能夠成為英雄的精神延續，骨子裡也感輝煌。

　　親愛的爸爸，我愛您！

　　謝謝生命的盛舉有您共襄！

　　感恩您為中華兒女寫下了不朽的樂章！

　　給您「13 億 7 千 6 百萬個讚」！

🏰 沒事，有我在

「來了！來了！城管來了！」遠遠就聽到商販們大聲邊喊邊收拾邊跑。

琳兒的爸爸媽媽還沒來得及反應過來這是什麼情況，周遭的商販早就跑得無影無蹤了，只剩下他們一家顯眼的孤立在這一條街上，城管的車輛和人員見人瞬間跑光了，只得直接奔向他們，桌椅板凳、爐子等早餐攤上的全部家當都搬走了，甚至都不忘拿走收錢的紙盒。

待琳兒爸爸媽媽反應過來時，所有東西已經全部裝上了城管的車輛上了。任憑他們怎麼哀求，城管人不屑的態度，連說句話都懶得說，便開車揚長而去。

琳兒媽媽被這突來的情景嚇得幾乎快要暈倒，身子一軟直接要癱倒在地上了，爸爸見景趕忙上前摟住了媽媽，他盡全力保護媽媽周全，目光無奈的望著城管車輛離去的方向……

「現在怎麼辦呀？板車被城管沒收了。」

「本以為做早餐應該沒事呀！」

「誰知道這才第一天，家當都沒有了。」

「錢全部打水漂了，這怎麼辦呀？」

「孩子們快半年都沒有見著過肉了。」

「知道是這樣，不如把那些肉都留給孩子們呀！」

媽媽已經後悔莫及早上只想著可以換成錢，都沒給孩子們吃上一口，現在卻被城管全部沒收了。更是擔憂接下來的日子該怎麼辦？爸爸似乎看出了媽媽的心思，緊緊的抱著媽媽溫柔的說：

「沒事，有我在。」

　　琳兒的爸爸媽媽是那個年代自由戀愛的，那一年，正是中越自衛反擊戰打響的第一次，琳兒的舅舅進入戰場三個月了，卻一點兒消息都沒有，家裡人都焦急萬分，都不知道該問誰，是否平安？正在這個時候，和舅舅是好友的爸爸從戰場上回來，帶來了舅舅的平安信。

　　琳兒的爸爸就是在那一次送信的時候，第一次見到了媽媽，並對媽媽一見鍾情。爸爸回到部隊後，一直心心念念想著琳兒媽媽，為了給她寫信，聽說爸爸足足練習了三個月的字，才敢寫了第一封信寄出來給媽媽。

　　媽媽在當地也算美貌且較有才的女子，從小到大邊學習邊幫著幹著農活掙錢，還需要承擔上上下下的家務，依舊永遠都是最佳，從來兩不誤。琳兒上學期間的老師都曾是媽媽的老師，所以一度成為了在媽媽對比下的孩子，老師們即使多年後對媽媽的評價依然極高。這樣優秀的媽媽，卻只為書信而迷戀上琳兒的父親。

　　他們三年的書信往來，從甜蜜的愛情昇華到美好的婚姻殿堂，琳兒的母親就成為了讓人尊敬的「軍嫂」。在那個時代，軍嫂付出的代價，大概只有軍嫂們才可以深刻體會。

　　即使結了婚的母親，她是需要獨自在一個完全陌生的環境下，面對一切未知的困難和挑戰，可是媽媽從來不曾後悔過選擇，不曾抱怨過一句，因為她深深的愛著琳兒的父親。

　　琳兒的爸爸一邊安慰著媽媽，倆人攙扶著往家裡方向走去，到家邊收拾好心情邊準備為孩子們做飯，可是巧婦難為無米之炊，為了早點攤花掉了所有的積蓄，所剩不多的米也快沒了。媽媽有

些無奈的望向爸爸：「怎麼辦呀？」爸爸深情的眼神看著媽媽，肯定的告訴她：「沒事，有我在。」

　　爸爸此刻的表情已經無法用言語形容，板車被城管沒收了，父親懇求城管部門的負責人半天，表示理解困難，只是生硬的說：「都有困難，那豈不是我們都應該退回去？」

　　人生地不熟只因沒有熟人可託，只因沒有託人買煙的錢，爸爸只好放棄了。早餐攤今天又被城管全部端了，爸爸此刻心裡別提有多懊悔，自己怎麼就決定做早餐攤？

　　第二天爸爸一早就出門了，媽媽一整天都不曾說過一句話，琳兒知道媽媽的心都在爸爸身上，姊妹仨沒有一個敢說話的，全都安靜的坐著等爸爸，一直到很晚爸爸才借到 200 元回來。媽媽心疼的趕忙給爸爸去熱飯，她知道爸爸肯定一整天沒有吃東西了。

　　那之後琳兒聽說借這 200 元的經歷，心裡十分心疼父親，承受了這般侮辱，只為借到這 200 元的，而琳兒從小在家裡隨處可見百元鈔票都是一沓一沓的。但是為了生存，爸爸都忍了，因為爸爸心裡非常清楚，只有活下去才有希望。

　　許多人認為爸爸懦弱了、退縮了，這輩子永遠不能翻身了。琳兒卻不這樣認為，爸爸身教琳兒的是一種大智慧，敢於接受、敢於擔當，在逆境中忍辱負重。

　　許多人的家庭在發生變故時，人心渙散走著走著就散了。父母親的愛情至情至深，讓她感受愛的溫暖，在爸爸事業跌入低谷時，媽媽的愛依舊在。

　　世界上最浪漫的事莫過於我陪你一起跋山涉水，不離不棄永相隨。這不只是見證愛情，也是歷練親情，更是考驗了人性。

錦上添花，人之常情；

雪中送炭，難盼天明；

雪上加霜，刻骨銘心。

什麼都沒了，是一種絕望。

責任在兩旁，是一種恐慌。

但，父親選擇了承擔，創造了希望。

「沒事，有我在！」這是多浪漫的語言，足以戰勝所有的迷茫哆嗦。

爸爸好勇敢，媽媽好幸福。

我好幸運，見證了這最感人肺腑的一幕幕，在我生命的路上持續綻放光亮。

▥ 他鄉遇故知，真心不可失

湖南是個令人驕傲的名詞。

更是北漂之際，溫暖的代名詞。

真心，更是讓它成為了幫助的動詞。

「幫我拿一下這個記憶體條，可以嗎？」非常有禮貌的男生站在櫃檯前朝著琳兒問道。

「好的，給您！您是湖南人吧？」琳兒很快的把男生需要的東西遞出去，反應極快的她從男生口音聽出來是老鄉，內心倍兒開心。

「是啊！你是……？」男生也不奇怪，大概知道自己口音十分的濃厚吧！只是感覺對方不只是問自己是哪兒的人吧！

「我也是湖南的呀！你是湖南哪兒呢？是邵陽的嗎？」琳兒早就迫不及待想要確定對方是不是老鄉了。

都是湖南人在北京其實還算好，如果都是邵陽人在北京，那種老鄉見老鄉的親切感，是那麼的讓人覺得激動和感動呀！我們邵陽人是極其團結和念鄉情結的哦！

「對啊！我是邵東的，你也是邵陽嗎？我叫王運宏，很高興認識你！」男生貌似也很興奮看到老鄉的親切問候。

「嗯嗯，是的，我也是邵陽的呀！我們是老鄉呀！叫我琳兒就可以，真的好開心遇到老鄉呀！」當時的情景有種在海外見到國人的感覺，琳兒開心極了。

很快王運宏留下了電話和地址給琳兒，說有事可以找他，以

後他會經常來找琳兒的。

就這樣開始了貴人燈火的燃起，照亮了前行的步履。

王不留行通經絡，

運好不怕命來磨，

宏觀正念陪度過。

如果沒有這一個湖南的感受，

就不會有遇見貴人的邂逅。

初至北京這些年，多少難關險阻。

陪我度過，幫我一把，助我一力的，

不是愛人，而是貴人。

王運宏，謝謝你，我感激！

▉ 阿姨與姊姊

我不是阿姨，只是必須賺錢養家裡。

我願意當姊姊，因為我本來就是。

「阿姨，你幫我拿那個軟體看一下唄！」約莫高中生的女孩兒站在櫃檯前指著櫃子說。

「哦！」琳兒只簡單的回應了一句，什麼都沒有多說，默默的為客戶提供服務。

女孩兒話挺多，一直沒停過的在講著什麼，嘴裡一口一句阿姨阿姨，忽然她的目光停留在了琳兒的臉上，她發現琳兒漲通紅的臉，詫異瞬間後，似乎意識到了什麼，在得知自己竟然比琳兒大三歲的時候，女孩兒不好意思了。也許正是年齡差距不大，兩人很快就成為了很要好的朋友。

除了女孩兒，最多的就是一群初中的男生了，《大眾軟件》雜誌贈送的遊戲成為了他們的摯愛。為了能夠搶到限量版的遊戲，待琳兒可謂是姊姊，喊得叫人心花怒放，相較起阿姨來說，姊姊聽起來舒服許多。

「姊姊，《大眾軟件》幫我留一份！」其中一個高高瘦瘦的男生尤為引人注目，他叫于東，尚在念初中，比琳兒小一歲，由於特別懂電腦，在學校裡幫助同學們傳機器就可以賺得一桶桶的金，著實讓琳兒心裡不由產生敬意。

每次他和他的好朋友阿鑫固定會來購買的遊戲軟體，才一到貨琳兒就會特別保留了起來，否則待他們到來之時，早就已經一

掃而空了。所以那幾個男生特別開心，面對琳兒也是真誠的像對待姊姊一樣的，每次見著琳兒都姊姊的，叫得她心裡好滿足的。

在得知琳兒與他相差僅一歲卻需要外出打工賺錢，于東內心也著實被震驚到了，也許是出於對琳兒的敬佩，也許是感到自己無憂生活的乏味，于東對琳兒格外的照顧，經常主動借給琳兒學習用的電子產品。每次琳兒都覺得時間太長而還給他時，他總是豪爽大器的說：「沒事，這個我有好幾個呢！都用不完，你先拿著用吧！」

平時沒事于東就會來遛達一下，遇到不明白的技術問題，琳兒就可以向他諮詢，他也非常熱情的給她講解，因此琳兒對電腦的專業知識進步的速度也躍進了不少。

教學相長，是不爭的事實。
禮尚往來，是必然的結果。
給人方便，就是給自己臺階。
給自己學習，就是給願望機會。
一步一腳印，路沒踏錯，
總有到達目標的一天。

上善若水的美

能有一個美麗的外型是福報，
能有一個美麗的心念是味道。
福報會耗盡，味道永流傳。
而那上善若水般的態度，
必然令人津津樂道。

琳兒從第一次見到老闆娘時就覺得她好美，那麼的溫柔體貼，琳兒和其他同事親切的稱呼她「姊」；姊也習慣呼琳兒「蕭」。

「蕭，我相信你可以做得很好。」

「蕭，不錯呀！這麼快就如此熟悉了。」

「蕭，你去把貨物接了，核對一下成本。」

「蕭，咱們的財務管理工作就交給你了。」

「蕭，你幫我看一下股票大盤，隨時電我。」

「蕭，這是供應商電話，以後你負責聯絡吧！」

……

姊對琳兒的喜愛和信任日漸增多，這讓想要離職的琳兒糾結了好一陣，她希望自己可以貼補家用，所以只能放棄這份讓自己可以學習到很多知識的工作，她喜歡姊的那份柔情的聲音，融化了她整顆心。終於鼓起勇氣找到了姊。

「姊，我想我要走了，希望你能理解。」琳兒說。

「你怎麼要走了？什麼情況呀？」姊有些吃驚。

「我希望自己可以貼補一些家用。」琳兒道。

「那你真的要走的話，我這兒怎麼辦？」姊說。

「我幫你招一個，教會她我做的事情。」琳兒歉意。

「好吧！那這事兒就交給你了！」姊有些難過。

很快招了穆，比她大三歲的姊姊，用了一個月的時間帶著她一點點的適應琳兒的工作內容，就匆匆道別了姊離開了。

每次路過店門口的時候，琳兒特別想進去看看，看望一下照顧過自己的同事，看望一下對自己極好的姊，不知道她怎麼樣？琳兒特別想親口對她說：「姊，您真美！」

美是什麼？

美不是只有視覺，

還有聽覺等種種其他的感覺，

更是那種令人回味的體會。

無法長伴左右，

卻也令人回蕩往昔之滋味。

莫令紅顏一時醉，

且讓回首皆不悔。

▉涼皮涼在皮，心卻暖了

吃涼皮，不該是困難，
話當年，卻是奢侈品。
貧困時，萬般皆美味，
富裕時，凡事沒滋味。

上班已經有一些日子了，每天中午一個燒餅的琳兒，越來越清瘦了，原本還有八十多斤的她，大概早就已經不到八十斤了。

這天又到了中午吃飯的時候，琳兒習慣性的朝著燒餅攤走去，突然被拍了一下肩膀，回頭一看是一起工作的同事趙芳，北京人，和琳兒年齡一般大。

「你中午準備吃什麼？」趙芳直率的問琳兒。

「我，我⋯⋯我準備去買個燒餅。」琳兒一緊張就三個我出來了。

「啊！你就吃燒餅啊？你這麼瘦還減肥啊？乖乖！要不咱倆點一份涼皮吧！我減肥吃一份會長胖的。」趙芳絲毫不給琳兒拒絕的說完拉著琳兒朝著涼皮店子走去。

「那我要給你多少錢呀？」琳兒手裡僅有的五毛錢，可壓根兒沒法付涼皮的錢呀！

「你燒餅多少錢你就給我多少就行！不給也行。」趙芳只想自己有人陪著吃飯。

一路唄趙芳拽著，感覺琳兒會跑掉似的，終於到了涼皮店門口，聞著涼皮的香味，琳兒直咽口水，不知道自己有多少回路過

涼皮店時，遠遠聞著那個香味，有多麼想吃上一口呀！

趙芳很快點來了滿滿一碗涼皮，她把一大半都撥到琳兒的碗裡，自己只留了三分之一都不到，琳兒正準備往回撥些，被趙芳嚴厲拒絕了。

香噴噴的涼皮就在眼前，琳兒卻不捨得吃了，要是妹妹們在該多好呀！她們也饞涼皮很久了，可是她沒辦法留這個涼皮帶回去。琳兒慢慢的一根一根的吃著盼了那麼久的美食，雖然她實在餓得不行不行了，慢悠悠的讓涼皮伴著辣椒、黃瓜和麵筋一起細嚼慢嚥的吞進去，漸漸填滿了自己的胃，飽飽的美餐了一頓。

惦記了許久涼皮的琳兒，終於吃上涼皮了。

幫助也是一門工夫，
如何在幫助的過程，顧及了對方的感受，
那才是面面俱到的貼心。
趙芳造芬芳，丁點兒沒痕跡，
涼皮涼了，心卻暖了，謝謝你！

▌想像不到的快

這不是意外，只是意料之外。

緣分的安排，就是如此，

感覺來了，就是時間到了。

面試時幫琳兒去叫姊的男生，琳兒稱呼他阿城哥，比琳兒大上許多，但是看上去屬於秀氣的男生，十分年輕的技術員。從第一天上課開始，阿城哥一直以來都是特別的照顧琳兒，她不懂的、忽略的，他總是及時發現並告訴琳兒如何處理。

這日來了一個極其生氣鬱悶的女生匆匆走進店裡，快速的說了一堆，琳兒聽了許久總算是明白了其中原由，電腦出故障了，著急的心情讓她語無倫次，琳兒安撫了一下她，就進裡屋的技術間叫阿城哥出來，經過交涉由阿城哥跟著女生去她家裡幫她解決問題。

琳兒一直以為這事兒就是這樣平靜的過去了，每日繼續忙著工作，只是覺得最近阿城哥總是出去維修的頻率越來越多了。

那日琳兒正忙著手頭上的事情，看見有人朝著自己走了過來，琳兒急忙抬頭問：「請問有什麼需要幫助的嗎？」話音剛落，發現是之前維修的女生，朝琳兒笑得可開心了。

「你怎麼來了？電腦又出問題了？」琳兒見識過上次的情景有些緊張。

「沒有，我是來找阿城哥的。」她一聽琳兒問話便有些不好意思了。

「好，你等一下！我幫你叫他出來。」琳兒說著便進屋去了。

阿城哥一出門口看見那個女生，已經滿臉表現出幸福甜蜜的味道了，他走過去拉著女生的手，完全忽略了在一旁的琳兒驚愕的表情。片刻後，才開始向琳兒宣布：「我們馬上要結婚了。」

琳兒突然覺得恍惚，從來不曾知道，結婚原來可以這麼快的嗎？這才多久就可以結婚？媽呀！北京人真的時尚極了，她思想上有些跟不上節奏了，這就是俗稱的「閃婚」嗎？

生命中總是充滿驚奇，
驚訝中的無限可能，
造就了突如其來的一切。
看似困惑，卻是喜劇；
看似幸福，卻是哀戚。
而那當下的心念，
卻決定了所有接下來的軌跡。
越想要的，有時越遠離，
沒想過的，得來全不費力氣。
不是向命運低頭，
卻是在因果的迴圈中，
發現蛛絲馬跡，
看懂訊息，
原來一切都是美麗。

給你三分鐘

創意是為了美好的結局，
而不是自我感覺良好的帥氣。
表達力若不精進，
即使再有實力，也無法展現魅力。

　　琳兒正在整理東西，聽到有人呼急，忙起身走去，只見一個長得十分清秀的男子站在那裡，他一直望著琳兒，問了許多的問題，琳兒一一給予解答，最後他隨意的買了一件商品走了。一位歲數偏大的男士，安靜的拿著東西跟在後面離開了。

　　沒過幾天男子又來了，帶了一臺筆記型電腦（在那時筆記型電腦特別少見到，還十分珍貴），明明這筆記型電腦毫無損壞，男子硬要留下來給琳兒幫忙去修一下，擰不過男子的強勢，琳兒只好接了下來。

　　那幾日琳兒的好奇心甭提有多大了，她知道這是客戶的，絕對不能夠去打開的，只能傻傻的看著筆記型電腦發呆……

　　終於男子來了，拿起筆記型電腦看了看，對琳兒說：「我今天沒時間拿走，你幫我保管吧！你想用隨便用。」然後人就走了，只留下一頭霧水的琳兒站在哪兒。

　　一天、二天、三天、一週、二週……，快一個月了男子還是沒有出現，琳兒拿著筆記型電腦哪敢碰，生怕弄壞了自己可是賠不起呀！

　　有一天的中午，隔著玻璃就看見男子從車裡下來了，旁邊那

年長些的應該是司機吧，陪同一起走進來，司機大哥還是安靜的取回筆記型電腦站在一旁，男子看上去感覺臉色不是特別好，明顯的話也不多，留下一句：「我給你三分鐘時間，你出來一下。」頭也不回的走了。

琳兒驚愕的表情半天持續沒變過，簡直被這位男子雷到了，她望著前方那個大大的鐘錶，一分鐘過去了，再望望外面那輛車，琳兒心裡頓時覺得男子一定有神經病，便準備去接著幹活。

此時她突然感覺到有人拉自己的衣服，回頭一看是那位年長的男士，他誠懇的說：「你就出去一下吧！他都快一個月沒怎麼吃東西了。」

琳兒覺得好奇怪：「可是他不吃東西和我有什麼關係呀？」

「你就出去一下唄！時間馬上就到了。」男士有些急迫的請求。

「對不起！我還在上班，而且我和他也不熟呀！不好意思，抱歉！」琳兒雖然心軟了，但還是覺得出去實在不妥。

時間正好三分鐘，外面那輛車準時揚長而去！琳兒望著遠去的車影，笑了笑說：「時間觀念還不錯！」

如果這是示好，

如果這是追求，

那麼我只能說是無腦。

如果這是套路，

如果這是創意，

那麼真的姿態擺太高。

我只知道三件事，

真誠、踏實、不高傲。

我的人生何止三個三十年，

並不需要你的三分鐘。

▐▌ 對與錯

對與錯經常是立場與角度的問題，而不是在於是與非。

生命中，要堅持是非，而非執著對錯。

聯想電腦專賣店琳兒工作了三個月，二百元的工資維持琳兒自己的生活幾乎都是緊張，家裡的開銷卻是那麼的大，妹妹們還需要上學，自己在三個月的時間裡，學會了許多關於電腦的知識，滿足了自己學習電腦的願望了，該去掙錢了。

琳兒換了一家手機店，那時候的手機可謂是有錢人才能擁有的奢侈品。手機店很大，分了三個組，作為新人分到當前主流品牌的組──摩托羅拉和諾基亞，那時候這二個品牌尤其高大上，外觀設計的極為好看，比起模擬機小而精緻多了。因此業績也能做得不錯。

老闆們是幾個朋友合夥開的公司，其中的老闆之一讓琳兒印象深刻的就是「土行孫」。

每天邁著小小的步伐，像高傲的公雞一樣昂著頭穿過大廳進入裡屋他的辦公室。每次見到這個情景，琳兒就特別想笑，苦於那可是老闆，必須忍著，當然琳兒更清楚不能傷害到別人的自尊，所以每次遠遠看見老闆身影時，就移開目光投向其他的地方了。

那個時候，手機壞了維修的費用都是相當高的，手機號碼都是少則幾百塊、多則上千元，處於對數字的敏感，很快琳兒就能知道所有的成本，並計算出他們的利潤。也就是在那個時候，琳兒在心裡暗暗的發誓：「總有一天，我一定要自己做老闆！」

有一日，一個年紀偏大的大爺來到店裡走向琳兒，琳兒趕忙上前詢問需要什麼說明，得知大爺不小心把手機中文調成英文了，旁邊的年紀大些的同事一臉不屑的看著琳兒：「這個需要三老闆，只有他會調，一百元一次，不過他現在不在。」

琳兒頭都沒抬繼續和大爺說：「大爺，您別著急啊！我幫您調，您等著。」

大爺聽到琳兒願意幫他調，心裡開心極了：「謝謝你，姑娘！」

話剛落音琳兒已經調好了：「給您大爺，已經調好了！以後呀，您注意些，要是不小心按錯了，您可以來找我。」

大爺像個孩子似的一直跟琳兒道謝！

第二天上午，琳兒突然被通知去老闆辦公室一趟，她有些不知所措，努力的回顧自己好像也沒有犯什麼錯誤呀？還是有些緊張的心情向裡屋辦公室走去……

「老闆，你找我！」琳兒進到三老闆辦公室，站在門口忐忑不安的問道。

「進來！」話還沒完，就聽到這二個字。

琳兒走進去站在老闆桌的對面，只見三老闆搬起一個凳子，放到琳兒跟前不到一米的距離，琳兒心想：「這什麼狀況？讓她坐下嗎？」只見三老闆爬上去站在凳子上，看著這情景時，喜歡笑的琳兒在心裡已經笑得不行不行的了。三老闆不知道是不是看出了琳兒的內心感受，更是生氣的插著腰，指著琳兒開始批判，整個過程琳兒壓根兒沒有聽到老闆都說了些啥，只是為了不讓自己笑出來而努力的堅持著……

一直到聽見老闆發話讓琳兒出去吧！琳兒才緊著趕緊離開辦

公室，出門的剎那，她再也忍不住內心那份笑意，一連串滑稽的動作徹底讓琳兒眼淚直流。她真的不是故意要笑的，只是真的忍不住！從小到大最愛的就是笑和哭了。

大概的意思琳兒還是理解了，應該是哪位同事投訴琳兒調好手機後沒有收錢，而老闆覺得只能有他會才是，琳兒多事兒了。這算是一次警告吧！不能再有下一次了。

琳兒還是很能理解三老闆的心情，站在他的角度上出發：從小到大一定受了不少的欺負和壓迫，自尊心一定受到很大的打擊，他能有如今的成就，一定是吃了許多的苦才有。那麼再找回自己的成就感和滿足感，是很正常的一件事情。所以琳兒決定至少在這個公司，她以後做好自己本分工作就好，避免給自己帶來麻煩。

你若不滿意自己的老師，

當有一天能教育學生時，那就別誤人子弟。

你若不滿意自己的老闆，

當有一天能領導員工時，那就別重蹈覆轍。

想讓自己的團隊有競爭力，

那就不要使用愚民政策。

想讓客戶願意緊緊跟隨，

那就圓滿迅速解決他的問題。

商業不是騙局，行銷沒有技巧，

實力與態度而已。

▌一波未平一波又起

無風不起浪，暗潮釀波瀾，
看人已成雙，難免心追趕。

經歷了上次的被訓話事件後，琳兒被調離了整個手機組，放置到了 BB 機組了。她倒也安然接受這一安排，的確，不接受，她又能怎樣呢？

自從來北京後，琳兒一直都對外稱自己十八歲，還好個子早早就長開了，不然裝作十八也不像。同事們都比琳兒大好些，也許是真正的十八歲了，也許更大一些。複雜的人際關係，琳兒涉世未深，實在不得應付過來，只好選擇獨自安靜的工作回家回家工作，只期望自己可以繼續留在公司就好了。

時隔不久，突然發現公司內部發生了巨大的變化，幾個單身的男老闆和男同事，分別與女同事都齊刷刷的前後戀愛了，就像商量好了似的，如同戀愛季般的，幾乎所有的人都墜入愛河了。

琳兒突然想起了自己那個「男朋友」，離開學校二年了，不知道他過得怎麼樣？

那一年，班裡來了二位新同學，那一刻琳兒從未想過，這二位新同學對自己是那麼的重要，會在自己的人生留下了深刻一段段美好的回憶。

琳兒親切的稱呼他為「波」。波是從廣西轉來的，因此說話不急不慢的表達大家才能聽懂，溫柔體貼的照顧，的確很是讓琳兒覺得很踏實，那是自從家裡發生變故後，第一次感受到踏實的

感覺，便開始與波的話題多了起來。知道琳兒沒有錢吃飯，和琳兒一樣有嚴厲家教的波，居然從家裡悄悄的偷了錢出來給琳兒，她生氣極了，逼迫著波把錢還回去，她不能讓他為自己犯錯。也正因為如此，琳兒打心底覺得波好踏實的感覺。

他們像好朋友一起吃飯、一起學習、一起玩。像是同學，又比同學多了一些情分在；像是情侶，又比情侶少了一些親密感覺；似有非有的狀態，朦朦朧朧的感覺，琳兒不懂究竟算不算戀愛？

離開學校後，他們之間間斷性的書信來往過，簡短的文字、簡單的問候，一晃而過就是二年了。琳兒突然很想知道這個答案：我們是戀愛了嗎？你是我男朋友嗎？

琳兒用中午的飯費跑去文具店買了帶有香味的信紙，回去就寫了一封信，信中琳兒希望波告訴自己，他究竟是不是她的男朋友？如果是，那麼她非常正式的告訴他分手吧！如果不是，那麼就當自己心做多情了。

信雖然發出去了，琳兒的心還是十分牽掛著回覆的信件，一週、二週、三週……，時間一點一點兒的過去了，琳兒自嘲的笑笑心想，大概石沉大海了吧？就在琳兒放棄等待的時候，回信還是姍姍而臨，緊張兮兮的心情莫名的不安起來，不知道信裡的內容會是什麼呢？

有史以來這封最長的信，足足有三張之長，如此，琳兒已經感受到那份滿足感了。信裡內容敘述了他這些年自己學習情況，和他的父親發生病變的經歷，從信裡琳兒可以感受到，他這二年正承受著巨大的壓力和責任擔當，彼此還是那麼年少無知時，卻需要擔起超負荷的擔當，她有些理解他了。

　　信中沒有提及關於男朋友的事情，但他祝福琳兒幸福快樂一生！琳兒知道他們是一生永遠的朋友，這樣的回覆琳兒已經可以安然的接受了。

　　我落難，你幫忙，
　　不是情愛也撫傷。
　　我追問，你誠然，
　　了卻心頭事一椿。
　　不把夢往心裡藏，
　　卻把情義腦中放。
　　你認真，我當真，
　　明瞭原委止癡狂。

北京北京

勿忘初衷，不是我的口號。

我沒忘，隻身來北京的目的。

於是我看著手機，想著計算器。

　　手機導購的工作，在那個時候如果銷售業績不錯，薪資水準還是很高了，琳兒的業績一向都很不錯，平凡的工作氛圍讓她一直惦記著電腦的學習，來北京就是希望可以學習與電腦相關的知識，可是現在的她卻從事著與電腦完全相悖的手機通訊行業，內心深處的聲音時不時的冒泡提醒著自己。

　　報紙上找了一圈的招聘資訊，忽然占據了整版報紙的招聘廣告，吸引了她的眼球，哇塞！聯想集團招聘廣告裡，有一個她還能敢想的文職工作。興奮之後忽然想起自己只會軟硬體的基礎知識，其他一概不懂啊！於是像是洩了氣的皮球一樣，沒精打采的趴在櫃檯上獨自鬱悶中⋯⋯

　　「嗨！想什麼呢？這麼入神！」王運宏不知道什麼時候已經站在琳兒面前了。

　　「我想去面試這個公司文職工作，可是我什麼都不會。」琳兒指著報紙上的廣告有氣無力的說。

　　「哦⋯⋯去吧！我陪你去！你沒去試過，怎麼知道不可以？你說對嗎？」他拿起報紙看了看，「這個地方就在中關村，你不是一直很想去看看中關村長什麼樣子嗎？」

　　「真的？我可以去看看中關村嗎？太好啦！不過面試我真的

可以嗎？」琳兒聽到「中關村」三個字，眼睛都發亮了，只是一想到面試她就膽怯了。

「你要相信自己，不管結果怎麼樣，我們都要試一試，你說對吧！總好過你一直在這兒鬱悶吧！中關村就在附近啊！我們順便就去參觀一下！」王運宏似乎完全可以看懂琳兒的顧慮。

「好吧！我先約一下，定好時間告訴你。」琳兒也不想放棄自己可以圓夢的機會。

幾乎不費力氣的順利等來了通知面試的電話，琳兒急忙告訴王運宏面試的時間，也許是王運宏沒有面試的經驗，也許是琳兒從來不知道面試需要準備什麼，她如同往常一樣穿著一身牛仔衣褲去了聯想公司。

到達現場的時候，看著一個個身著職業裝的面試人群，琳兒顯得格格不入，她都想放棄進去面試了。王運宏鼓勵她：「既然都已經來了，就進去一下，不管結果如何？這也是一種體驗。」她望著他肯定的眼神點點頭，在心裡暗暗的打氣，琳兒不管結果怎樣，先進去再說，這樣下次就知道該怎麼做了。

琳兒漸漸的輪排到了隊伍的前端了，她的心已經隨著前行的佇列越來越緊張了，整顆心都懸掛著。終於聽到了自己的名字，她跟隨著工作人員進入了面試的房間，看到眼前的三名面試官，琳兒深吸一口氣：「已經進來了，不管了先回答問題再說吧！」就這樣，一問一答持續了幾分鐘的時間，算是已經問完了，就在臨走時，其中一名面試官問琳兒怎麼穿這樣一身衣服？琳兒傻傻的回覆了一句：「我一直都這麼穿啊！」就走出了房門。

王運宏看起來比琳兒還緊張，一出門就上前來問怎麼樣？琳

兒倒淡然了許多：「大概是服裝的原因，不會錄取了吧！」

　　他安慰著琳兒說：「沒事，以後還會有機會，這次就當練習了，你說對吧！」

　　琳兒知道他是在安慰自己，轉化了一下鬱悶之心情，笑了笑說道：「不是說中關村就在附近嗎？走吧！帶我去看看這個神祕的地方吧！」

　　北京北京，這是多少人又愛又恨的土地。

　　想要拋下，卻又離不去，

　　對我而言卻是成長茁壯的根據地。

　　雖然仍屬北漂一族，不必霧霾逼淚，也隨北風吹，

　　但我仍奮力堆疊那一份根的感覺。

　　當手機尚未成為了電腦的替代品，

　　我卻早已踏遍了北京城內外的東西南北。

給我機會，絕不令你後悔

我有一種令自己佩服的個性，

更有一份令任何人都激賞的熱情。

放棄我，我不怨，來日必然令你傻眼。

給我機會，不但不會後悔，

也不算善業，卻是璀璨你自己智慧。

為了省下公車的費用，琳兒每天早早就起床走著去上班，穿過一條條街道，只要不是冬天刮大風的時候還是很舒服的。北方的街道樹木較稀，綠葉的裝點就更少了，除了街道兩側各色各樣的看板以外，幾乎沒有再多美化的物體了。

走著走著，琳兒被眼前一則廣告吸引停下了腳步，她站在那張貼在玻璃上的廣告上寫著「招聘打字員」。這是一家廣告公司的招聘資訊，由於時間還太早門還沒有開，琳兒站了很久很久，她覺得這是她想要的工作，多麼希望可以有這樣的機會，真正接觸到電腦呀！

整天工作都魂不守舍的，滿腦子都是那張招聘廣告的影像飄動著。「我能行還是不行！去還是不去！人家會不會要我？我什麼都不會呀！」琳兒內心不斷出現各種自我反問的話。

下了班，琳兒路過王運宏的醫院時，她轉變路線直奔他的辦公室，她實在拿不定主意該如何做，只是內心太想要這份工作了，在遙遠的北京只有這個如同親哥哥的老鄉可以幫他，告訴她應該怎樣做才是對的。

「你怎麼來了？下班了？」王運宏看見琳兒走進來的狀態很吃驚，「你怎麼啦？遇到什麼問題了嗎？」也許每次主動來找他都是遇到困難的時候吧！他倒也熱心幫助這個不容易的小女生，像自己的親妹妹一樣的看待。

琳兒大概把自己來的原由說了一下，然後只剩下沮喪的表情看著他，期待著他可以給自己一個特別好的建議，她已經不知道該如何了。

「這樣吧！你從明天開始，到我這邊辦公室的電腦練習五筆字型，等你能學會了五筆字型後，可以去試試，你覺得呢？」他看著琳兒的狀態也是十分的疼惜著，幫她想了一個不錯的建議。

「真的，這樣可以嗎？會不會打擾你啊？」琳兒不敢相信可以看到希望了，轉念又想這樣會不會打擾到他。看著他笑笑點點頭表示沒有問題，「你早上幾點上班，晚上幾點下班？」

「早上我可以提前一小時來，晚上你可以練到你不練的時候都可以的。」王運宏似乎那麼希望這個小妹妹可以多一些時間練習，表示全力支持。

「太謝謝你了！」琳兒眼睛都已經泛著淚光，每次在她最需要幫助的時候，這個大哥哥總是無私的幫助自己，這份恩情琳兒銘記於心……

琳兒每天早上第一個來到他辦公室門口等著，最後一個離開辦公室，中間去上班，每每路過那家廣告公司的時候，琳兒的心都緊張起來，她特別害怕招聘廣告被揭下來了，那樣她就沒有一絲希望了。

電腦上除了安裝上了正版的學習五筆字型軟體以外，桌面上

還放著一本書，迫切希望自己能夠快些學會打字的她，迅速看完書籍然後邊看邊練習起來。有種昏天暗地的節奏在練習著，晚上她已經不知道是幾點了，她覺得奇怪，他都沒有催她該結束了，看了一眼時間都九點多了，趕緊起身準備去找他，太急的動作琳兒一陣眩暈狀態，一整天沒有吃東西的她低血糖犯暈了，她已經習慣了這種眩暈的感覺了。

習慣性緩了緩準備出去，餘光掃過垃圾桶的紙盒，看見了那是學習五筆的套裝軟體裝，銷售過軟體的琳兒一看就明白了，原來說的他這兒有現成軟體是他昨晚剛買回來的，只是知道倔強的她如果知道真實一定寧願放棄，琳兒頓時感覺自己真的好幸福，這樣的同鄉之情，如此的兄妹之恩，她該如何回報，此刻的她無力還他這份恩情，唯有緊緊的刻在心底。

經歷了七天的早晚學習和練習，琳兒終於也算熟練掌握了五筆字型了，懷著一顆忐忑不安的心走向廣告公司，在門口看見那張廣告還在，心裡頓然踏實了，就這樣在門口彷徨著，來回走動著，卻怎麼也鼓不起勇氣走進去。時間一點點過去，一分鐘、五分鐘、十分鐘、三十分鐘……，她還是沒能鼓起勇氣踏進大門，腦袋裡浮現出這七天來的每一幅畫面，都是在為這份工作做準備，而自己卻連進去的勇氣都沒有。

琳兒呀！不去管結果，你盡力而為了就好了，你相信自己，這個世界上沒有你做不到的事情，不是嗎？加油！加油！加油！走吧，進去就好啦！她在心裡一直鼓勵著自己。

她停止思想上的鬥爭，直接踏進大門，有禮貌的問：「您好！請問我想面試打字員，應該找哪位呢？」

也許太過突兀的出現，片刻屋子瑞安靜下來，所有人的目光聚集到琳兒的身上，太多的人了，琳兒也不知道哪一位才是老闆，一下子被這氛圍弄得緊張起來。

　　「你一分鐘能打多少字？」順著聲音，琳兒看見了坐在沙發上的一位中年男子，旁邊坐了一位年長頭髮蒼白的男人，和一位沒有什麼笑容的女人。

　　「我剛剛學會五筆字型……速度不快！」琳兒想著自己的水準，有些尷尬的回覆。

　　「那你會什麼設計軟體嗎？」中年男子頭都沒抬的繼續問道。

　　「這個……我不會，不是招聘打字員嗎？」被問得不知所措的琳兒反問道。

　　「那你都會什麼排版軟體呀？」被琳兒這麼一反問，中年男子抬頭看了一眼她。

　　「我……剛剛接觸電腦，只會……五筆字型……還不熟練，不會排版……不會設計……」琳兒有些語無倫次的，不知自己該怎麼辦才好，望著中年男子一副根本不看好琳兒的模樣，琳兒腦袋裡迅速的恢復著。「我雖然什麼都不會，但是我的學習能力很強，只要你給我一個月的時間，我都可以學會，第一個月我不要工資，你看我可以了，第二月你再用我。」一口氣把心裡的話一股腦兒倒出來，她希望能有這樣的機會，也很珍惜這份工作，做出最後的努力。

　　聽到這裡，中年男子抬頭看了看琳兒沒說話，又低下頭看著手上的資料，丟下一句話：「明天來上班吧！」

　　琳兒開心極了，對方居然同意了！不過她想到自己現在的工

作，她不能這樣沒有責任的直接走人，於是說：「老闆，我現在還在工作崗位上，能不能給我一些時間做交接，下個月初我就來上班，您看可以嗎？」

「行！」中年男子有些不耐煩的語氣回了琳兒。

「謝謝您！老闆！下月見！」琳兒深深的鞠了一躬就走出了大門。

她雀躍的心情使她蹦蹦跳跳的朝向醫院走去，她希望把自己這份喜悅分享給一路幫助自己的那位大哥哥王運宏……

> 回首一路來，貴人總相隨。
>
> 這是老天不棄置，隨護暗中衛，
>
> 我，感恩。
>
> 煎熬中，總留了縫隙，給我喘息。
>
> 絕望中，總丟出了點光線，輔我視野。
>
> 我，感恩。

▥ 既然上武當，不思峨嵋山

學功夫，先紮馬，不展花拳繡腿，
且在椿上把命摧，汗流淚灑也不畏。

早上五點多就起床了，前一陣把原來的工作進行了一下交接，老闆招來了新的員工，琳兒就辭職離開了，修正了一天，今天她要去開始新的工作了，只是面試時一時興奮的她依舊忘記了問上班時間，只顧著達成目標——被招聘，其它的事情想來也就不那麼重要了。只是需要她早一些去到門口等著……

平時七點多路過廣告公司時還沒有開門，琳兒推測應該在八點半以後才會上班，八點前就步行到了公司門口，只見大門緊閉著，果然如她所想，得意的笑了笑。

八點半陸續都來上班了，已經有了二份工作經驗的琳兒，早就已經不再是曾經那個木訥的狀態了，她友好的前去和看著面善的同事問好，並且做了自我介紹，很快就和大家打成了一片，愉快的和同事一起打掃衛生。

就在大家積極參與掃除狀態中時，進來了一位大娘越過幾個女生，直奔設計師小于：「姑娘，我這個需要複印。」話說完大家全部愣住了，小于大概也習慣了，接過大娘的資料幫著印好送走了大娘，就在大娘走出大門的那一瞬間，再也忍不住了全場哈哈大笑起來，小于被我們笑得臉都紅了。

小于是男生，專科設計師，設計水準在那時候琳兒覺得還是非常不錯的，他也可以稱得上是琳兒的老師，有許多的設計軟體

實在不懂的時候，隨時就可以問他。人倒也熱情，只是每次問問題的時候，他總是要為難一下琳兒，非要琳兒喊他一聲「于哥」才肯講解給琳兒聽。琳兒十分感謝他，他是琳兒設計學習的啟蒙指導老師。

主管公司管理的叫娜，比琳兒大幾歲的女孩兒，也許是親戚吧！娜總是十分的任性，說一不二，不容大家對她的反駁，琳兒與她保持中立態度，因為既不喜歡也不討厭的心裡。

「蕭，你去把那些名片裁了吧！」娜指著桌上一大摞的名片，安排著琳兒的工作任務。

「好！」琳兒爽快的應到。

開始裁的時候還比較生疏，行動有些笨拙，慢慢的也就找到了技巧，一個上午的時間，就把桌上一大摞的名片全部裁好裝盒並整理好。肩頸整個都已經僵硬的狀態了，需要活動活動筋骨才能緩和一下。剛準備休息一下……

「蕭，快中午了，你去買菜做飯吧！」娜又給琳兒安排工作任務了。

「呃……這個，我不會做飯啊！」琳兒一臉茫然的看著娜，其他事情都可以做，唯獨做飯實在是為難了她呀，從小到大都沒進過廚房的她，連菜都認不齊的她，怎麼知道菜是怎麼炒好的呀？

「沒事，炒熟了就可以！」娜看都沒看琳兒一眼，不以為然的丟回一句。

「好吧！」琳兒沒辦法，硬著頭皮接受了。

問好了市場的位置，琳兒就隻身前往，這樣去買菜進到市場這還是琳兒的第一次，她真的傻眼了，不知道該買些什麼，也不

知道該做些什麼，最後連她自己都已經不記得買了些什麼菜就回去了。原本想切土豆絲，結果被她切得大片大片的，完全看不出是土豆絲、還是土豆片又或者是土豆丁，總之看上去都有吧！怕不熟放了許多的水一直煮，最後加上了琳兒最愛的辣椒，第一道煮土豆算是完成了。之後她又用水煮了幾道菜，算是完成了第一頓午餐。

「咳咳！天啊！這菜怎麼這麼辣？」娜被辣得表情幾乎都扭曲了形狀嚷道。

琳兒趕緊拿起筷子嘗了一口說：「不辣啊！我就放了一點點兒啊！這個一點兒辣味兒都沒有。」

「這還叫不辣？好吧！以後不要再放辣椒了。」娜顯然已經被琳兒惹得惱火了。

「哦！好！」琳兒看著娜的表情，有些好笑的回覆。

對於從小到大吃辣椒長大的琳兒來說，那麼一點兒辣椒真是算不上有辣味，她已經很盡力的考慮過其他人的口味了，倒是小于安慰著琳兒，讓她覺得舒服多了。

吃完飯沒多久，娜在樓上喊道：「蕭，你上來把條幅給貼了。」

「哦！好的！」琳兒緊忙著回覆道。

看著地面上對於自己完全空白的東西，她都不知道自己該從哪兒下手，只得跟著早琳兒半年的靜學著幹活，趴在地上一直忙碌著手上的東西，全身麻木的狀態，有種昏天暗地的感覺。都不知道外面的天黑了沒有，二樓的窗戶全部封住了，沒有一絲光線可以透進來，昏暗的燈光使人精神狀態也顯得迷茫了些。

終於盼到了晚上八點半下班的時間，琳兒拖著疲憊不堪的身

軀，艱難的步行到家。比起手機導購的工作，這份打雜的工作讓琳兒累得不成樣了。就這樣結束了新的工作的第一天。

　　躺在床上，琳兒腦袋裡浮現出自己夢想中的模樣：「我一定要把電腦好好學習好！哪怕再苦再累，我也得堅持下去……」也許是太累了，想著想著就進入了夢鄉，在夢裡，琳兒看見了未來的自己，開心的笑了起來。

　　朝著夢想前進，再累也甘願，
　　鑽研目標瑣碎，再繁也喜悅。
　　多年以後才明白，
　　原來快樂不是你已經做到了什麼，
　　而是你正在做什麼。

▊幫助是一種輪迴

凡事都有因果，
切莫看待表面的現象，
更應探究原始的初衷。
讓珍惜的人珍惜，
不為不珍惜的人歎息。

「明天公司會來一新的同事一莎，是我們一個村裡的，我跟你們說，她沒有媽媽的，你們可千萬別問她。」平日說話極快、話又極多的同事在和大家宣布一件大家所不知道的事情，當然今天這樣的提醒確實是很有必要的。正因為提前的暗示，倒讓大家對於一莎產生了格外的好奇心。

一向心善的琳兒聽完介紹之後，頓時對這個一莎產生了強烈的憐憫之心，也是覺得一個沒有母愛的女孩子，應該得到更多的關愛才是。

第二天一大早，公司裡就多了一位女孩兒，琳兒想著這應該就是一莎了吧！看上去特別靦腆，話也不多，稍稍一說話就臉紅，臉龐大大的，有些嬰兒肥的感覺，膚色卻十分的白淨。基本屬於不語埋頭工作的那種。

「嗨！我叫琳兒，你就是一莎，以後有什麼需要我幫忙的你就說話。」琳兒主動上前詢問，告訴她需要的時候可以找她。

一莎臉一紅，點點頭算是回應了琳兒。其他的同事大都在頭一天知道一莎的情況對她都是特別的關照著，只是琳兒格外的關

注著她，主動去教她，就這樣兩人關係漸漸進了許多。一莎在家裡是老大，還有一個妹妹，爸爸經常喝酒，所以只好輟學出來打工賺錢養家。在家裡身為老大的琳兒，依然像大姊姊一樣的照顧一莎，她期望自己可以盡量的給予關愛給她。

幾年後的一天，琳兒剛剛上來設備時間也不久，一莎打來電話說沒有工作了，琳兒毫不猶豫的讓一莎來自己這兒上班，其實那個時候的她壓力極大，人手滿滿的也算是可以，增加一個人的開支，還是平添了不少的壓力。琳兒想既然已經打電話，想必一定是沒辦法了，大家都是背井離鄉來求生存，她在老家還沒有依靠，自己雖然也緊張，總是好過於她的狀態吧！

一莎在這個行業有些年頭了，所以學習能力還是很強，接手不久就可以把設備操作得十分嫻熟了。因為設備太過於昂貴，還需要進行專業的培訓，所以操作者都會選擇自己所信任的人，一莎的到來，讓當時正在孕期的琳兒減輕些負擔。

這一年的時候在隨著設備的到來，琳兒由閒散變成了忙碌狀態，忙碌的時候，時間總是過得極快的。很快就到了年底，該回家過年了，琳兒即將要到來的小寶寶，也就隨之就要和自己見面了。是辛苦疲憊的一年，也是幸福快樂的一年，辛酸並樂共存吧！

人們從老家陸陸續續回來，立馬就進入了緊張的工作中去了，琳兒在家坐月子不能再參與工作了。那一天，琳兒記得特別清楚，一大清晨就收到了短信，是一莎發來的，看完短信的片刻，她當下覺得是不是她最近受了什麼委屈，就立馬打電話過去詢問怎麼回事兒？一莎還是告訴琳兒她要回老家了，不能繼續在這兒幹了。

琳兒覺得每個人都有選擇給自己最大利益的權利和行為，這

個她完全可以理解，回老家？這樣一個多麼無力的理由敷衍她，她的心覺得那一刻在滴血。對一莎她自始至終都像待親妹妹一樣，以一顆真誠之心付出，換回來的卻是這樣一個蒼白的理由就打發了，在她還在月子期間，都來不及等待就要離開。

琳兒不想說什麼了，掛斷電話，就這樣沉靜在自己的思緒當中。她不懂，為何自己那麼付出的待這個人，她卻會如此回饋著自己，雖然對於自己的付出不曾期望過回報，但從未想過會如此的脆弱就結束了。

在後來的日子裡，琳兒知道了事情的真相，有一家公司也上了一臺設備，於是便通過別人找到了一莎，直接高薪挖走了，走得那麼匆忙，連見面道別都沒有，就這樣離開了琳兒。再後來聽說又離開了那家公司，再後來的後來，也就沒有了一絲訊息，當然那時的琳兒也已經放下了那份執著，放下了曾經一腔熱情待一莎的那份心。

都說第一次的付出是最值得珍惜的，第一次的傷害也是最徹底的，於愛情如此，於友情也是如此。經歷一莎的事情，琳兒也許不會如曾經那般的全力投入，但卻是依然真誠的待朋友，因為琳兒珍惜每一個出現在她生命中的人。

沒有當過別人的貴人，

如何能有貴人伴左右？

失去的在眼前，收穫的卻是恰當的時間。

不計較表面的利害得失，

反獲得天時地利人和的回饋。

不感歎，是騙人的，
但我選擇原諒。
幫助是一種輪迴，
我選擇了幫助，不是因為誰，
而是那當下，誰需要幫助。

▟ 蛻變的五天

疲憊的身軀，愉悅的鍵盤。
極限的挑戰，滿足的快感。

在廣告公司裡的第一個月裡，琳兒忙前忙後做著各種雜務，不習慣於北方的飲食習慣，只能每頓飯啃半個饅頭來充饑。琳兒做過幾次飯後，由於口味總是太辣，也逃脫了做飯的任務了。

只是整整一個月從早忙到晚的強度工作，琳兒連電腦都沒能碰一下，每當她閒暇之餘跑去電腦跟前想摸摸這個神祕色彩十足的物品時，就會被叫去做各種事情，像是一直監視著自己生怕弄壞電腦的感覺。

這一日特別的忙，聽說靜離職了，一向她負責所有打字和排版工作，一時沒有人可以做了。靜是管吃住的，所以每天晚上琳兒下班走後，她還在加班。

有時候都是通宵的節奏，高強度的加班工作讓她終於不能忍受，一氣之下話都沒留一句就逃離了公司。琳兒一直都跟著靜一起工作，她覺得靜人挺好，工作認真負責，做事情特別乾脆利索，這一點是琳兒自愧不如的地方，值得琳兒學習改進。

「蕭，你不是會打字嗎？你去給試試。」老闆大概無人可用了，突然想起了琳兒。

「嗯嗯！好，放心！」琳兒興奮極了，終於接到正式的任務了，好開心呀！

接下任務後的琳兒，開始緊張的去研究著，她只會五筆字型

輸入，但是排版只能憑藉自己在書店看的書籍留下的印象去操作，她害怕自己會搞砸了，所以不由得一直懸著一顆心。

約莫一小時的時間，客戶在一旁倒也和藹，都沒有催促琳兒的速度，就這樣在緊張的情緒中順利進行著。終於，那張 A4 紙緩緩的從印表機裡吐了出來，她開心的把紙稿遞給客戶，完美結束了自己的第一單任務。

從此琳兒再也不是打零雜事務的了，她終於如願以償的擁有一臺專屬的電腦了，並正式升級為「打字員」。只見她晚上不斷的看書，白天片刻不離電腦，盡情吸收著知識，好不自在的快樂工作著。

有一日下午，老闆來到公司宣布：「今晚開始連續加班，有一套書籍需要輸入和排版，什麼時候完工才可以休息。蕭，你就住公司宿舍吧！」就這樣，琳兒成為主力人員之一，要拚命加班了。開啟了沒日沒夜的加班模式，老闆娘親自給大家做飯，送到每個人的辦公桌上。

第一日，琳兒還沒能適應突然的不斷輸入的頻率，她聽著同事們劈里啪啦敲鍵盤的聲音有節奏的發出來，琳兒心裡開始著急起來，內心那份不服輸的勁頭冒出來了，她努力的讓自己保持冷靜的心態，只沉靜在自己的世界中，一點一點的熟悉著這種狀態。

第二日，有了第一日的經驗，她開始有些適應了，看著別人的量在一點點減少，琳兒害怕自己會成為最後的那一個，也在加快著速度，這一日她的速度可以到每分鐘 80 字了。

第三日，漸漸變得沉穩了些的她，不再急躁了，手指也開始熟練的在鍵盤上靈活的跳著舞，歡快的節奏感讓琳兒覺得心情都

愉悅起來了。她的速度進展得非常快，這一日她輸入的速度可以達到每分鐘 120 字了。

第四日，彷彿輸入的指令已經完全進入了她的潛意識，眼睛只需要看著原稿件，手指便可以隨之跳動著敲出一行行文字，一切變得那麼的自然，如同她的手指與眼睛同頻共振的連結上了。這一日她的速度驚人的效果，每分鐘 200 字。

第五日，雖然連續四天四夜的時間只睡了不到十小時的時間，沒有上床睡覺的時間，只有累了趴在桌子上小作休息，然後繼續開始工作。

年輕的琳兒體力還是很棒的，她的速度依然沒有減速，從鍵盤發出的聲音中可以感受到琳兒的疲憊，卻沒有影響她跳躍的旋律，字還在一頁頁的輸入著。老闆來了說，誰先完成就可以休息，最終大家都完工後給大家放一天的假。

第六日的清晨，琳兒最後的稿件輸入完成，她緊張的心情終於平復了下來，只花了半天的時間審稿排版。不知道是不是琳兒認真的原因，她輸入的稿件幾乎沒有錯別字，所以很快就完成了。同事們輸入完成的時間比琳兒早，只是審稿的時候錯別字太多，終究比琳兒晚了一天交稿。琳兒開心極了，這下總算可以回家好好睡一覺了。這一日琳兒的輸入速度高達每分鐘 280 字。

也許許多人會說，這就不是人幹的活嘛？琳兒卻感謝這五個日夜帶給琳兒的突飛猛進，正因為有這樣的機會，琳兒的速度才得以實現驚人的成果，所以琳兒感恩這樣的機遇，她保持平靜的心態在面對，所以她進步神速了。

5 一直是宇宙的核心，

這是 2017 年我真切體悟的真諦。

所有的一切就在這 5 天徹底改變了，

我變得更勇敢、更堅強、更自信、更有擔當。

每分鐘 280 字，這是什麼樣的概念？

$2 + 8 + 0 = 10 = 1$

在和諧的表達「2」中，我與鍵盤充分合作，

執行「8」我的無限可能「0」，就這樣完成了任務，

找到了心中雀躍的成就感「101」。

⩟ 無師自通

無師難自通，書裡師語濃，
莫言萬里路，書展乾坤豐。
書之重點，並非顏如玉，更非黃金屋，
而是智慧與能力的儲存，爆發瞬間越蒼穹。

年輕活力的時代可真是好，老闆讓琳兒多休息一天，回家睡了三個小時就已經完全恢復狀態了，還剩半天的假沒用完，她就跑回公司上班，她是多麼離不開電腦的節奏呀！

「你到底會不會啊？都已經這麼久了，還沒有出來樣稿？」對面只見一位男士身著藍色工作服，急著直接從座位上站了起來，一副很不耐煩的樣子嚷了起來。

「不好意思，這個軟體我沒有用過，不好意思！不好意思……」女同事，剛剛來公司沒幾日，專科設計專業畢業的，緊張的一直對著客戶抱歉。

「要不你跟我過來，我試試吧！」琳兒走過去了解了一下情況，客戶來了半天了還沒能看到樣稿，一直陪著同事在琢磨軟體如何運用，再有耐心的人也受不了這樣的等待。小于現在又不在公司，琳兒想著自己也看過 CorelDRAW 的書籍，應該問題不大。

「你是設計師嗎？你能行嗎？」客戶看了一眼弱小的琳兒，不屑的態度回道。

「我不是設計師，是我們公司打字員，如果你不相信我，那不然你就繼續等著我的同事給你做好了。」琳兒也不示弱回了

一句後，便回到自己位置上去接著做自己的事兒了。

「好吧！反正等了這麼久了，死馬當活馬醫吧！我就試試。」客戶大概被琳兒這種態度給震住了，想想已經等了半天，不如再試試這個小女孩吧！

客戶來到琳兒旁邊，把資料遞給了她，琳兒很快和客戶溝通了他的要求和意願，基本明白了自己應該如何設計了。就和客戶說：「您稍等一下，很快就能讓您看到樣稿。」

客戶瞪大眼睛看著琳兒，似乎不相信這個小小打字員說出來的話，但是被琳兒說話的那份自信感染，所以一時不語，只是靜靜的看著琳兒熟練的操作著電腦……

時間過得很快，半小時後，琳兒已經根據客戶要求加上自己的想法，把初稿完成了，讓客戶審閱看看還有什麼需要調整的。客戶被之前的速度與現在的速度對比的驚喜到，看完之後一直嘴裡說著：「挺好！挺好！就這樣就挺好！就這樣了不需要改了。」

「剛才真的對不住了，姑娘，我上午實在被那位姑娘給急壞了，下午還約了人。謝謝你啦！」客戶拿到他想要的樣稿後，一臉尷尬的向琳兒表達自己的歉意。

「沒關係的，您不用道歉，應該是我們道歉才是，讓您等了這麼久！實在不好意思。」琳兒也為自己當時那份傲氣表示歉意。

送走了客戶，琳兒的那份滿足感讓她內心充滿了甜蜜的味道，回想自己這些日子以來，夜裡熬夜看書到天亮的付出得到了別人的認同，自己終於可以熟練的掌握了 CorelDRAW 軟體的運用，達到自己想要做的效果，已經感到無比自豪了。

腹有詩書氣自華，
此言丁點皆不假，
學歷不若識滿門，
貫通未知命無瑕。
奮鬥時，人當你是傻子，
成就時，才知他是瞎子。
學海無涯，精進壯大，
芬芳種子，遍地開花。

▉沒有人會，才是機會

沒人願意，我願意；

沒人懂，我熟悉；

藍海策略是 21 世紀的名詞，

卻是我 20 世紀時與生俱來的動詞。

在廣告公司的工作時間每天 12 小時，每隔幾天都得加班到深夜，每當大家進入夢鄉的時候，琳兒悄悄的爬起來，跑到電腦跟前通過螢幕發出的微弱的光線，看著設計的書籍，不斷的看完練習，不懂再看再練習，這種笨拙的方式點點的學習著。

持續的一週時間過去了，琳兒對於 Photoshop 的掌握程度已經可以熟練運用，這週連軸轉的生活節奏，絲毫沒有減弱她渴望擁有知識的欲望，白天忙碌的工作著，晚上悄悄的學習著，她就是這樣的慢慢成長著……

這天琳兒看著借來的 3Dmax 書籍，打開電腦準備開啟 3Dmax 學習的時候徹底傻眼了，她知道軟體是英文版的，只是整版的英文裡太多的專業詞彙，她的那些詞量根本沒辦法看懂如此龐大專業詞量的英文軟體，此刻的她真的很想放棄，也許這個她根本就不可能學會的，專業的大學生需要學習一整年才可以學完，而自己單詞部分就已經是巨大的問題了，想到這裡她內心有些沮喪了。

琳兒正埋頭工作，突然背後感覺好像來了人似的，猛一回頭看到一男士站在身後，著一身休閒裝，看著十分紳士，男士也許正準備開口問琳兒來著，卻被琳兒這一忽然的舉動給咽了回去，

顯得格外尷尬。琳兒瞬間為自己好唐突的行為臉紅了起來，支支吾吾的問：「你……你……不……不好意思！請問您是需要做什麼呢？」

男士很快恢復過來神兒，也許是看到了臉紅了的琳兒，也許是聽到了歉意而略顯結巴的話語，他竟然笑了起來：「不好意思，嚇到你了，我進來前有說話，進來看到只有你一人那麼認真的在做事，我本來想走進了再問你，結果……」聽到這裡倆人都自然的笑了。

「我太專注的在看書了，沒有注意您進來，實在是我的失職，請問有什麼可以幫您的嗎？」琳兒這才發現整個辦公區域只有自己在，再看看牆上掛著的鐘錶，原來已經到了中午了，他們應該都去樓上吃飯了，只是她已經不記得有同事和她說過沒有。

「哦！對！我想做一套設備的鳥瞰圖，但是我找遍了整個咱們這個區域的廣告公司，都做不了這個，所以進來問問你們公司可以做嗎？」

「好的，您稍等片刻，我上樓問一下。」琳兒來了二個多月，貌似還不曾見到設計師有做過，但是她不敢自己隨便做主，決定去問問。

很快她就從樓上下來了，問後的結果自然如琳兒所想一致，對紳士的那位男士表達歉意，告知沒有辦法可以幫助他，希望他再找找看。送走男士後，她回到座位上，不自覺的翻動著 3Dmax 的書籍。來來回回的翻來翻去，鐘錶滴滴答答的聲音，伴隨著翻動書頁發出清脆的響聲，一分鐘、二分鐘、三分鐘……她突然從座位站起來，走到櫃子裡取出一本筆記本回到座位上，開始積極

的進入學習狀態。

　　男士找畫鳥瞰圖的事件，讓琳兒清楚的看到機會，越是極少人懂的，她越應該要懂才對，正因為太難了，所有人一開始就放棄了，而一向越挫越勇的琳兒，怎麼可以輕言放棄呢？她一定要做絕大部分人所不為之事。她下定決心一定要把 3Dmax 學會，於是打開 3Dmax 軟體裡的所有目錄和對話方塊，開始記錄下全部的英文單詞，就這樣邊工作邊看書邊記錄。

　　一天、二天，三天……，一週的時間過去了，整整一本的筆記本裡記滿了英文單詞，全都是從軟體裡抄下來的，每一個單詞後面她都空出一定的距離，這些空白處準備用來記錄翻譯的中文意思。看著這一本子的單詞，琳兒心裡沉重極了，不過她堅信自己一定可以完成這次學習的目標的。她跟老闆申請了二天的假，來工作後她幾乎沒有休息日，所以雖然老闆極不情願，但還是在琳兒堅定的眼神下批了這二天的假期。

　　離開公司的第一時間，琳兒就跑去了那家她經常蹭書的地方，那個幫助琳兒度過了無數奮鬥學習的溫馨書店。書店的空隙非常狹小，琳兒一邊翻閱著英漢字典，一邊還需要記錄，她找了一個偏僻的角落坐在地上，為了不影響其他的行走，她縮起身子盡量讓自己緊緊的貼近牆面，占據最小的空間在那個角落中，便開始翻閱記錄的系列動作。

　　書店的營業時間早上九點開門到晚上十點關門，琳兒總是第一個到，最後一個離開。為了可以在二天的時間全部翻譯完成，白天她只能快速的記錄著譯詞，晚上到家，因為全家人擠在一間屋子裡，她為了不影響家人的休息，只能窩在被窩裡打著手電筒，

把白天的譯詞再複習一次。

　　回到工作崗位的時候，筆記本裡已經密密麻麻的寫滿了中文譯詞和標註，白天依然努力認真的工作著，每當到了快下班的時候，她的心情就開始雀躍起來，馬上有可以浸入到讓自己歡喜的學習中去了，就這樣毫無疲倦的心帶動著身體，都感受不到一絲的累。

　　學習力極強的琳兒，短短的時間裡就可以完成一張 3D 效果圖了，看著自己渲染出來的圖，經歷了無數個夜晚努力學習終於成功了，激動的心情已經無法用言語來表達當時她的那份感受。堅強的她只是默默的看著那張圖，靜靜的呆著，許久，沒有激動的淚水，而是她笑了，開心的笑了。

　　當你在拚，強者也在拚，
　　當你休息，強者還在拚，
　　當你玩耍，強者依舊在拚，
　　於是相距日遠，望塵莫及。
　　反之，一天當一個月用，
　　一時當一年用，一秒當一輩子用。
　　再強的對手，都不足以為敵。

我不是二百五

第一個月不要錢，是給自己機會。

第二個月 250 元，我當自己繳了練習費。

第三個月 250 元，那麼你真把我當成窩囊廢。

　　如果說在琳兒一生中最為努力學習的經歷，就屬她在廣告公司的後二個月的時間了。第一個月她是為了獲取留下來的機會，唯有努力處理公司各種雜事的工作，才能得以繼續走下去。第二個月的連續六日的加班錄入文稿，帶給她快速成長五筆輸入和排版的能力，無論是 DOS 系統下或是 WPS 的排版，都可以做到速度，又可以保證達到準確無誤。與此同時，對於 CorelDRAW 排版設計能夠熟練運用，並創造出屬於自己的排版風格。

　　第三個月的學習，帶給她的卻是質變的飛躍，Photoshop 的學習與運用可以那麼快速的進展，3DMax 的學習突破更是她萬萬沒有想到的。一切看起來都是那麼的難，她竟然真的做到了。如果說，這樣的學習狀態不能稱之為學霸，又還有怎樣的人可以為之呢？

　　三個月的時間裡，琳兒已經不記得自己有多少日夜幾乎沒有闔眼睡覺的了，白天依然情緒高昂的鬥志在工作著，每天到了夜深人靜的時候，便成了她拚命吸允知識的時刻。也許是太過於追求，也許是投入的過於徹底，她已經感覺不到自己的疲憊，完全像一臺機器全速 24 小時的運作著。

　　從只簡單瞭解一些五筆輸入的打雜員，到錄入排版的打字員，

再到各種軟體都明瞭的半個設計員，琳兒驚人的蛻變盡在三個月的時間完成，給老闆所創造的價值也以 N 倍的速度增長著，她的心裡滿滿都是成就感，同時也在期望著這個月的薪水肯定是會提高了。

「發工資啦！」遠遠都聽到有人在叫喊著。

每當這一天，大家的心情都是十分開心的，辛苦忙碌了一整月，總算是到了收穫的時候了，公司上上下下都充滿了喜悅的氛圍。財務室一個一個的叫進去，每一個出來的人都是各種不同的表情，有些進去前與出來時的表情基本一致，有些進去前開心、出來時扳著臉。

琳兒此刻的心情也是帶著期許的成分在等待著，第一個月自己承諾過，試用不要工資，所以沒有領一分錢；第二個月她不知道老闆會給自己多少錢，當打開信封看到 250 元的時候，儘管她會有些不舒服，不過只顧著自己努力學習，所以沒去在意；這個月是第三個月了，每天的工作她都是十分積極的態度對待，她希望老闆可以看在眼裡，給予她肯定。

終於輪到琳兒了，她推門進去，看見老闆和娜都在屋裡，從老闆手裡接過信封，從厚度上琳兒已經可以猜到了，她直接打開信封抽出裡面的錢來一看：依然是 250 元。這一刻琳兒心裡的火已經開始燃燒了，往常的她一向平和待人，極少火氣上來，唯有被傷到極點才會發洩出來。

她努力的把內心的那把火撲滅，想想老闆願意用她，才有機會可以在這三個月的時間裡突飛猛進的學習，自己應該感恩他，無論他是否認為自己是二百五，拿了自己的應得離開就好了。這

些日子以來，自己也給他創造出的遠遠超過這二個 250 算是還了他的恩情吧！想到這些，她淡淡的笑了：「老闆，我準備回老家了，所以以後就不來上班了，這個月的幾天工資我就不要了，謝謝您對我的照顧。」

老闆大概真的把她當作二百五了，對於突如其來的辭職，他沒能反應過來，琳兒就已經拉門而出了，留下錯愕的老闆和一臉茫然的娜在屋裡。

這三個月，我賺到了，

不是錢，而是能力。

這一天，老闆損失了，

不是錢，而是人才。

千軍易得，一將難求，

你把寶當草，那麼終必懊悔。

企業主要有遠見，

如同教學，

不是只懂有教無類，而是要懂因材施教。

否則江山瞬間也將灰煙滅。

▊ 高跟鞋

穿上高跟鞋，不是為了美，而是那份夢想的視野。

穿上高跟鞋，不是為了身型，而是那種傲氣的不想矮一截。

　　就在走出公司大門的那一刻，她深深的吸了一口氣，心情舒暢了許多，很久很久沒有像這樣在室外走動了，即使走，也沒有當下這份心思去觀察一路的美麗風景，而是全然沉浸在自己的思緒中的狀態行走。

　　忽然想起媽媽就快要生日了，琳兒朝著星辰商廈走去，從小就知道媽媽特別愛穿高跟鞋，近幾年她想想媽媽很久沒有穿上高跟鞋了，決定買雙高跟鞋做生日禮物吧！絕大數的人會覺得多麼不適用，可以買很多其他的東西更實際一些，不是生活都很緊張嗎？買些吃的也可以啊！琳兒瞭解媽媽，更瞭解被媽媽教育長大的自己，女人愛自己所愛的人事物是多麼重要的幸福，這絕非是虛榮，也非是不切實際，偶爾的愛自己一次，若是可以帶來許久的幸福感，為何不可呢？

　　大都鞋子都需要幾百元以上，琳兒揣著僅有的 250 元錢根本就沒法買到，轉了一圈又一圈，終於在一家商家看到一雙跟不是很高、剛好適合媽媽的款式，更令人感動的是特價 198 元就可以買到了，琳兒毫不猶豫的選擇收了它。

　　付了款很快營業員就幫著裝包好了，正準備走的時候，心裡一直牽掛著的那雙涼鞋，很想再去看看它，每每看到那雙鞋子，琳兒滿眼睛放光，所以才會心心念念的想著這雙鞋子。來北京二

年了，從來不曾給自己買過一件衣服、一雙鞋子，就連北京寒冷的冬天裡，依舊穿著從南方帶來的小棉襖外套過冬。即使到了凍得發抖，也不曾想要買一件羽絨服，也許因為太貴不捨得，也許因為自己的固執，而這雙鞋子卻是自己唯一想過要擁有的東西。

思緒在快速反覆運轉著，想著那份價格，看了看還是決定快些離開才好，剛要離去的時候，服務員姊姊過來說話了：「小妹妹，喜歡就試試，這款涼鞋只有這一雙了，所以特價處理 50 元，你穿多大碼的鞋子呢？」

「真的？50 元？我穿 38 碼的鞋子，這個我能穿嗎？」琳兒聽到 50 元簡直不敢相信自己的耳朵，第一次來的時候還是 388 元，第二次來的時候 288 元，現在這麼低的價格太不可思議啦。激動的看著那位服務員姊姊。

「這樣啊！可是這個鞋子只有一雙了，是 37 碼的。」聽到琳兒說的 38 碼，有些失望的表情回道。

「哦！那小一碼呀！不然我試試可以嗎？」琳兒實在不捨得這雙惦記了快二年的鞋子，以前因為太貴了都不敢試，她想不能穿試試也好呀！

「二隻都在這兒，你自己試吧！」姊姊一聽琳兒穿不了，態度瞬間轉變，指著鞋子不耐煩的說。

「好！謝謝姊姊。」琳兒才不管對方什麼心情，只沉靜在自己的內心世界裡，但依然不忘禮貌的說。

她小心翼翼的拿起鞋子捧在手上，洋溢著濃濃的歡喜之情，如同灰姑娘捧著那雙水晶鞋一般的情景，生怕弄壞了這雙鞋子。套進去啦，居然可以穿進去！琳兒開心的抬頭望向那位售貨員姊

姊：「您好！這雙鞋子我可以穿！我居然可以穿進去！剛剛好哦！一點兒也不擠。」

「是嗎？我們這款鞋子版比較大，比正常的碼大一些，所以正好適合你的 38 碼，那我給你開單子去。」聽到琳兒能穿，一下子就附和著她。

「好的，謝謝您！麻煩您了。」她也不管那位姊姊的狀態，只顧著自己開心的看著心愛之物，雖然這個季節也沒法穿出去，想著自己今年夏天美美的穿著這雙漂亮的鞋子，心情雀躍的像一隻剛進入春天的活蹦亂跳的小麻雀。

一手拎著給媽媽的關懷，一手拎著心愛的水晶鞋，滿滿的全是琳兒對家人和自己的愛。一路上琳兒感覺全世界的人事物都充滿著力量，伴隨著她⋯⋯

> 250 元兩雙鞋，
> 這是成就超越的心血，
> 穿上它，已離夢想近一些。
> 三個月忘了睡，
> 這是累積能量的撫媚，
> 穿越它，已比出奇制勝更神些。
> 回首這一切，命運安排，貴人相助，
> 機會不蹉跎，連我自己的堅決，我都感謝。
> 披荊斬棘，焚膏繼晷，不分晝夜，超越本能。
> 不論如何形容，都不足以描繪，那種親歷之美。
> 無需酒杯，也陶醉。

我是湖南人

如果我不說，你不會知道。

如果你不笑，我不會成長。

離開廣告公司，琳兒突然不知道自己下一步該去向哪兒？買
了招聘資訊的報紙，密密麻麻的文字裡，努力的尋找著適合自己
的招聘資訊。

自小特別喜歡美術，想去學習但卻被媽媽強力打壓下放棄了，
理由就是學習美術的都是男生，老師也是男生，女孩子家的就不
要去學習了。看到招聘動畫繪製員的資訊時，琳兒眼睛都亮了，
還有一個月的崗前培訓，太棒了的工作啦！琳兒當即聯繫約了面
試的時間，第二天從最南邊坐著公車來回換了三、四趟車，終於
到達了昌平的某個寫字樓裡。門外遇見了袁，一個胖胖的北京女
孩兒，她們有相同的愛好，都是來同一家公司應聘的，結伴一起
進去面試。

出來後，兩人相互交流一下，果斷決定放棄，因為必須先交
800元學習費用，一個月以後根據作品情況，再決定是否簽訂合
約，到那個時候，大概十有八九都是不能簽約的人吧！頂著大太
陽，又輾轉回到了最南邊。

再一次面試已經是一週以後了，那是一家國際敬老院的接待
人員，這樣崗位只有三名，第一次去了密密麻麻接近百人的陣勢，
都是前來面試的女孩兒，琳兒還算幸運，順利的通過了。接到了
二次面試的電話，還可以乘坐敬老院班車前去面試，善良可愛的

琳兒，興奮的幫著司機叔叔接待著老人們上下班車，一路上細心的照顧著，到了後發現來面試的人只有二十來人了。她安靜的等待著呼喚自己的名字，再一次的面試讓琳兒信心都倍增，原本抱著試試的態度來的，卻自信滿滿回去等待最終面試的等待。

接到電話那瞬間，琳兒的心跳加速，掛斷電話時，已經興奮的忘我境界了。三次的到來這裡的一切都變得熟悉起來，看著前來的幾個人，她心裡在想，大概就是我們幾個人中的三個人會被留下吧！望著其他的人，琳兒還是很有自信，心裡開始安心了起來。

很快輪到了琳兒面試，走進去發現不再是之前那樣只有一個人的面試官了，左邊坐著之前面試自己的人，正對面坐著二個人第一次見到，大概這是最大的領導吧！琳兒一下子心就緊張起來。問了許多問題之後，她感覺到對方對自己還算滿意的，心裡略有了些竊喜時，突然聽到一直沒有說話的那個男人遞了過來一張報紙到琳兒面前說：「你把這篇文章唸一遍吧！」

「這……這……哦！好的！」琳兒被突如其來的變故嚇著了，不知道該如何，但是知道自己別無選擇，唯有把文章唸完才行。

湘音濃厚的琳兒努力的清晰唸著文章，但是很多的發音無論她怎麼努力也無法糾正正確，反覆焦急的一個字一個字唸著，面試官已經笑得不行了，遞來報紙的男人已經捂著肚子在笑著。琳兒可以清晰的透過餘光看到這幅畫面，感覺自己受到了莫大的恥辱，她艱難的把這篇只有二百來字的文章唸完，走上前把報紙丟到桌面上說：「我雖然普通話說得不好，你們也不用這樣笑，一個月以後我一定可以說一口流利的普通話。」說完頭也不回的走

了出去。

　　只聽見身後留下：「那個……」還沒有說完的話，琳兒消失在面試的屋子，快速的離開了院裡。說完話之後，她心裡還是很害怕的，不過她不後悔，因為她根本無法接受這樣的歧視。

　　琳兒回到家的第一件事，就是買報紙開始練習普通話，每天早晨就可以聽到琳兒苛刻的唸著報紙各個版面報導，有時候遇到實在沒有辦法唸出來的字，她就問二妹櫻子幫她糾正。就這樣，一個月的時間過去了，再拿起報紙唸的時候，琳兒已經可以朗朗上口了，別人再問她是哪兒的人時，她可以順利的告訴對方，她是湖南人。

　　琳兒特別感謝曾經摀著肚子笑自己的那個面試官，若不是他的輕視，她的普通話不知道何時才可以正常表達。如今許多人見到琳兒，都說她已經沒有了湘音了，其實琳兒特別想說，來京二年不曾改變的湘音，在一個月內就完全可以糾正的。這正好印證了那句：「世上無難事，只怕有心人！」

當你受到了恥笑，放棄了自己，

怨恨著對方，那麼你就是看不懂機會。

當你遭遇了挫折，放棄了目標，

責怪著天地，那麼你就是不懂得成長。

這是起飛前的風阻，

是逆增上緣，

刮起了自尊心，縈痛了鬥志，

逼迫自己學習、長進。

那些讓你痛苦、難堪、傷心的人，

是仇人，是貴人，全憑你一念之後的執行力。

我感謝你們的刺激，

感謝我自己的決心，

贏得了一場場瀟灑的帥氣。

奮鬥不怕遠，成功已不遠

開源哪怕一點點，
節流何懼路遙遠。
風乾也忍手龜裂，
只因愛在己家園。

　　最終還是選擇重新回到了手機銷售的行業，不斷的看書學習著的琳兒，可以透過客戶的表情和問話，判斷出今天是否會購買？相中的款式是哪個？可選的價位區間是多少？每天大量的案例研究，最後的最後準確率十分的高了。

　　早晨五點出發，幾乎不需要用力就會被擠上車的公車，擠在人群中不需要去扶任何物體，就可以穩穩的站立在那裡。偶爾的剎車，琳兒伸手去扶扶手，很快就又縮回口袋裡。望著別的女孩細膩光滑的手，再看看自己的手長期不曾塗抹防凍霜，暴裂著的大小口子上還殘留著一絲血跡。連面霜都不捨得用的她，又怎麼捨得去買護手霜？幾塊錢的「大寶 SOD 蜜」，已經是她所承受的極限了。

　　北京城還沒有修三環，擁擠的環島一堵車就是半天不動，每次堵在那兒一動不動的時候，琳兒只好下車，迎著刺骨的寒風，瑟瑟發抖的行走在路上，錯過擁堵的地段去另一個公車站，手裡的公車卡還是于東給辦的學生公交卡，每月十幾塊錢的包月，也讓她不再擔憂再需要付一次車費，還能夠錯過一段堵車段。

　　經歷了四個多小時的車程，轉了二趟公車，終於到達了工作

地點，八點半準備工作琳兒總是來不及趕到，每次都是九點才緊趕著到，曉和幾個同事倒也體貼，從不與琳兒計較。換了衣服就馬上進入了工作狀態，一直到下班點。

西長安街冬天的夜裡顯得格外的陰冷，天空中盤旋著無數的烏鴉，遮擋住了大街二側樹與樹間的空間，隱約透出一絲暗淡的月光，若是獨自一人走在這樣的大街上，後脊樑骨直發涼。每次下班後，琳兒緊跟著同事身邊，從小就擔心的她根本沒有辦法自己一個人走在這樣的大街上。

倒轉二次公車在冬天的夜裡總是顯得更加堵塞了，每次到家幾乎都已經十二點左右了。雖然上班的路途遙遠了些，雖然堵車的路段常常有，但是琳兒還是選擇了這份工作，相對高一些的提成獎金，更能填補一下家用，總是值得的。

誰都希望，喜鵲環繞；
並不期待，烏鴉低吟。
誰都希望錢多事少離家近。
卻也必須懂得天降大任前的磨練，
必不甘甜。

⛫ 歡迎你的到來

這是緣分，不是壓力。
這是喜悅，也是天意。

　　琳兒坐在屋外的椅子上懶洋洋的靠著，天氣特別好，難得可以休息放鬆一下，盡情的享受著太陽光暖透心窩的感覺，舒適的意境讓她漸入了夢鄉。夢裡到了一片美麗的花海，空氣飄滿了濃郁的香氣，奔跑在花叢中翩翩起舞……

　　「琳兒，你進來一下，找你有些話要談。」爸爸推了一下琳兒，把她從美好的夢境中喚醒了。

　　琳兒跟著爸爸進了屋，雖然換了地方，但還是一家人擠在擁擠的房間裡。除了一張大床和一個高低鋪以外，能夠站立的空間並不大，琳兒坐在爸爸媽媽的對面，看著他倆特別正式的模樣，以為要找自己訓話，就開始莫名的緊張起來，腦袋裡迅速的尋找著自己可能招父母生氣的事情，可是找尋了一圈依然沒有找到自己的最近可有什麼事情做得不好的呀！只好低著頭不敢看著父母的眼睛。

　　「琳兒，有件事兒需要和你商量一下。」父親終於開口和琳兒說話了。

　　「哦！好，老爸您說吧！」一聽是商量事情，琳兒懸著的一顆心總算舒緩過來了。

　　「那個……你媽媽懷孕了！家裡……」爸爸有些不太好明白直說的尷尬。

「哇塞！太好了！生啊！什麼時候可以出來呀！」還沒等爸爸說完，琳兒就接過話來，她知道爸爸不好接著說什麼，她不希望父母親為難。

「你不介意嗎？家裡現在這樣，你的負擔可能跟著也就會更大了。」媽媽開口說話了。

「不會啊！多一個弟弟妹妹多好呀！」琳兒盡可能的顯得輕鬆的表達自己的想法，希望父母不要傷害無辜的小生命。

「你能這麼想，爸爸媽媽很欣慰，你媽媽絕經已經好幾年了，這次查出來四個月了。之前生你妹妹大出血過，醫生說如果引產會很危險，但是卻不想你們姊們有意見，所以想聽聽你們的想法。爸爸媽媽很高興你能這樣理解。」爸爸有些歉意的和琳兒訴說著母親的身體狀況。

「爸，媽，不管有多難，我們只要一家人在一起，就是最大的幸福，再苦再難我們都可以挺過去的。」琳兒希望可以給予父母親最大的鼓勵和支援，她知道未來一定是美好的，困難只是暫時的。就這樣，一家人溫暖的擁抱在一起。

時間一點一點的過去了，一月、二月、三月……，快過年了，也終於到了母親臨產的日子，早上還在睡夢中被各種動靜吵醒了，趴在上鋪的床上，看著父親手忙腳亂的忙碌著，母親勇敢的忍受著劇烈的疼痛。為了節省費用，母親決定自己為自己接生，她已經屬於高齡產婦了，卻選擇在家自己生。琳兒想下去幫忙卻被制止了，跟著一起緊張，只有靜靜的等待、祈禱，希望弟弟或妹妹可以順利出來，媽媽可以平安度過這一劫，期望一切順利安好！

「哇！哇！」清脆的嬰兒哭泣聲響起。

　　母親已經虛弱無力了，還在繼續處理著餘下的事務，爸爸接過孩子，小心翼翼的包裹起來，輕輕放在媽媽身旁，接過母親手上的事情繼續處理，姊妹仨安靜的擠坐在一旁，就這樣安靜的看著一幕幕終身難忘的場景。

　　「你們多了一個妹妹！」爸爸終於忙完了，望向姊妹仨笑了笑說。

　　仨姊妹聽完便一擁而上，圍著這個新成員。好可愛的小手，不敢去抱小小的她，只敢用手指輕輕的去觸碰她小小的手，表達姊姊們對小妹的愛，從此琳兒的姊妹從仨姊妹升級到了四朵姊妹花。也因為么妹的到來，家裡增添了不少開心快樂的笑聲。只要一家人在一起，一個都不能少，這就是最幸福的家。

　　一是創造，二是表達，三是創意，四是規矩。

　　於是這也是蕭家四姊妹的狀態寫照，手足之情，無可比擬。

　　每個來到世間的生命，都有其因緣；每一個參與團隊的成員，都有其必然，不是壓力起，而是生力軍，只有歡迎的道理。

　　生命，是必須智慧開啟的謎底；

　　生活，是需要責任扛起的飯粒。

　　接受上蒼的安排，歡迎所有的發生，

　　念念皆喜悅，事事皆甜蜜。

　　我要說，妹妹們，每一個，我都愛你。

▉點滴在心頭

錢不是問題，問題是沒錢。

雪中送炭，我感激。

落井下石，難不氣。

但，對我而言都是激勵。

家裡因為么妹的到來，每天平添了不少的樂趣，小小的人兒逗得大家哈哈大笑，一個個有事兒沒事兒都願意圍著她轉。媽媽月子裡卻因為經濟原因，只能每天燉一條小小的鯽魚湯來補充營養，原本身體就不太好的母親，臉色顯得更加蠟黃了些，看著琳兒心裡怪不是滋味。

再上幾天班就要放假過年了，才經歷了一場驚心動魄的搶劫事件，不久的琳兒還沒能緩過勁兒來，每天晚上下班回家的路上，就是她心神不寧的到來，不自然的就緊張了起來。

爸爸似乎比琳兒更是在意，爸爸自那晚後，一直懊悔自己沒有等著琳兒回來再回家，每晚早早就到車站等著她了。這樣琳兒在最後的一段時間裡，下班就不再那麼恐懼了，因為她知道有爸爸陪著。

日子雖然清貧，但也總算有了些餘錢過年了，今年過年可以不用過得像往年那樣緊湊了，父母親在盤算著怎麼去給孩子們準備些過年的物品時，卻迎來了有始以來最不受歡迎的客人。

第二天就放假了，當天晚上爸爸接到琳兒的時候，已經是滿臉的憂愁了，一路上一直不語，壓抑的氣氛琳兒不敢多問一句，

只是緊緊的跟在爸爸的後面走著。到了家裡，發現媽媽的表情也是那麼的不自然，不是馬上過年了嗎？不是昨天還在說今天買年貨的事情嗎？怎麼白天發生什麼事情了嗎？琳兒額頭上冒出來 N 個問號來。

琳兒輕輕的走到媽媽身邊，摟著媽媽的肩膀說：「我親愛的老媽，這是怎麼啦？」

老媽看了琳兒一眼，透著濃濃的歉意：「今天咱家遠方的親戚來了，曾經你爸爸借了他一筆錢，很少但是利息滾起來現在很多了，說這次來必須要拿到一個數，可是咱家錢一共加起來還不夠數了，再說過年了，原本以為今年可以給你們姊妹買一些好吃的過個好年，現在全都泡湯了，他說明天就來。」

「沒事，多大點兒的事兒，我們不是想吃啥時候吃都可以，幹嘛非得過年的時候吃呀！還差得多嗎？」琳兒嘻嘻的笑著和媽媽說，她不想讓還在月子裡的媽媽承受這樣的壓力。

瞭解了情況後，琳兒一晚上沒有睡著，滿腦子都是明天要面對的事兒，其實她的心裡也沒有底，她不知道自己是不是可以借到這些錢，可是她又該向誰去借呢？不能讓爸爸去老鄉那兒借，幾百元錢就可以肆意的踐踏父親的尊嚴，怎麼能忍受這樣的事情再度出現。也許最後太疲憊了，想著想著就睡著了。

迷迷糊糊還在睡夢中，聽到了男人很響亮的聲音在不斷的說著什麼，琳兒被吵醒了，但依然在混沌狀態中，就在她看見了那個前來要賬的人兒片刻驚醒神兒來，頓了頓狀態跳下床來，看著父母親很卑微的和他商量著什麼，他卻十分神氣的彷彿絲毫不能容忍商量的餘地。琳兒拉過母親到一旁，告訴媽媽她出去一趟盡

快回來，不要再和他商量，說完便出門了。

　　行走在大街上，琳兒有些迷茫了，人海茫茫她應該找誰來幫助自己呢？忽然想起了什麼，她朝著公用電話亭走去，不知道尋找了多久終於找到了公用電話了，第一個電話打過去，說明了意思卻遭到了委婉的拒絕，他告訴自己他的錢都在他哥哥那兒。掛了電話琳兒好生失望，她是那麼不輕易開口的人，多麼希望可以得到他的幫助。

　　第一次這樣打電話借錢，就被無情的拒絕了，而且還是自己認為最可能幫助自己的人，離開電話亭的琳兒分神的走著，她真的不知道還能找誰。王運宏嗎？不行！自己已經欠他太多了，琳兒沒有辦法張口向他借錢，可是這個世界這麼大，又有誰願意相信自己，借給自己這筆錢呢？

　　她努力的在腦海裡搜索著，突然她轉身回到了電話機跟前撥通了電話，結巴的說明了自己的想法後，靜靜的閉著眼睛等待著結果，心裡害怕極了，害怕被拒絕，她已經沒有了任何可以再打電話的物件了。直到聽到對方說：「錢怎麼給你？」琳兒的心都快要跳出來了。

　　琳兒很快去取了錢就直接回去了，大氣的把錢給到對方來收賬的親戚，那是有史以來最爽的感覺，雖然年不再有好吃的，但是這份壓抑的志氣卻是這麼的痛快。不再是低三下四的哀求，不再需要看別人的眼色行事，琳兒打從心底裡鄙視他們的眼光，如此明確的斷定了她們家衰敗的時間是永遠；她感恩，感恩這個世界上還有這麼友好的朋友，可以值得擁有的友誼。

遠親不如近鄰，
親情輸了友情。
血緣關係拉不近，
情義相挺不忘記。
這世間的人情冷暖，我算是很早就見識到了，
只是小小的年紀，就能有這樣的磨練，
是悲是喜是感激，也是醉了。

♜ 大雜院

英雄不怕出身低，
虎落平陽被犬欺，
傲氣雄鷹暫躲雨，
芙蓉出水不染泥。

《還珠格格》火熱播出的時候，琳兒也是追劇的一員，她特別喜歡活潑可愛的小燕子，從小到大在紫禁城外生活的她，最終飛上枝頭變鳳凰，是琳兒最喜歡的理想未來。

琳兒居住的地方也是一個大雜院，一格一格的院子堆滿了各種人們從外面收回來的廢品，零零散散的地上存放著各種千奇百怪的瓶瓶罐罐，滿臉泥巴的孩子們嬉鬧的玩著，距離廁所需要穿越一格格無數個這樣的院子，一路走來可以聞到各種奇怪的味道，她只有秉著呼吸快速穿過。

說是廁所，和農村那種廁所一樣的茅房，琳兒從小沒有生活在鄉下，很難適應這樣的廁所，所以每次都只想盡快離開這個讓自己難受的地方。再一次的捂著鼻子回到房間，平日裡基本不出屋子，更不願和大家打招呼。

骨氣裡的那份傲氣，讓周圍的老鄉都在背後議論紛紛，都已經家落這樣了還高傲什麼？每次路過人群，她都可以清楚聽到大家說自己。不過一切對她來說，從來都不是那麼重要，藐視著一切對自己沒有善意的人，隔絕了一切嘲笑自己的言語。

每次看著《還珠格格》，她總覺得自己也會有一天成為不一

樣的自己，她希望通過自己的努力，能夠改變現有的生活，所以一路狂奔⋯⋯

　　大雜院裡歸一個當地的男人負責看管，那個時代被追著查暫住證，是一件十分痛苦的事情，而在這個大雜院裡，卻因為他可以避免每日被追逐著查暫住證的膽戰心驚的日子，所以人們看見他，就如同舊時代看見地主來視察，一個個用巴結姿態迎接著這個地主的到來，生怕得罪了他。

　　大雜院裡唯有琳兒一家傲氣十足，壓根兒不會說出一句委屈自己的話，原本大家對他們就看不習慣，所以在大家的慫恿下，那個男人專門針對琳兒爸爸媽媽挑刺了。

　　那日琳兒剛剛步入大雜院內，遠遠就看見自己房間前圍滿了人，她心頭一緊快速跑過去，只看見那男人正在和父母親發生爭執，男人企圖想馬上就轟走他們的節奏，看見琳兒回來了，原本激烈的戰鬥淡了許多。

　　琳兒問清楚了原由，原來那男人故意找茬，想多收琳兒家租金不說，還揚言要派出所過來查暫住證，把他們一家抓走。她輕聲的安撫著父母親，要他們不要著急。頭都不回的說了一句：「我們明天就搬走。」男人很少見到琳兒，每次即使見著了，她也不曾和男人打過招呼，大家都只是在後面議論她，但也正因為如此神祕的色彩和傲氣凌人的姿態，人們不敢太過於放肆。

　　男人念念叨叨的帶著一行人離開了，圍觀的人群見沒有熱鬧可看了，也紛紛各回各家了。

　　小燕子生活的大雜院充滿了溫暖，琳兒居住的大雜院卻充滿了各種問題、各種為難、各種非議、各種挑戰⋯⋯，她依然不曾

放棄期望自己有一天擁有小燕子的幸運。

　　第二天，她與爸爸就去找了一個村子裡的小院子，一家人終於搬離了那個忍耐已久的大雜院，開始了新的生活。她希望自己如同小燕子一樣，離開大雜院後，便是新生活的開始……

生命的貴賤，不是出身的高低，

而是決定在你如何看待你自己。

孟子曰：「人之異於禽獸者，幾希。」

就是說，人與禽獸的差異很少。

但人又稱之為萬物之靈，

那麼靈性之所趨，

為善，為仁，方有智。

殘暴之弱肉強食，並非人性，

故霸凌之愚行，仗勢之欺人，

聚眾而擊寡，滅真而掩醜，是禽獸也。

莫讓文化蕩無存，

卻留衣冠禽獸身。

我們既然是人，

那麼就讓自己成為人中人，

奮力提升人上人，

不枉為人，不負有幸著人身。

謝謝你們放過我

饑寒起盜心，並非初衷鳴，
難忘驚恐夜，一念悲憫情。

北京的冬天特別冷，這一年第一場雪來臨，造成了大量的交通堵塞。時間一點一點的過去了，公車沒有絲毫挪動的跡象，上班站了一整天的琳兒，此刻的腿已經接近麻木狀態了，居然有一種站著也能睡著的節奏。車上人擠著人，彼此傳輸著熱量，暖暖的感覺讓她恍惚間昏昏入睡。

就這樣時間一點一點的前進著，車子像已經病入膏肓的老人般緩慢的挪動著步伐，已經不知道過了多久，車終於到了琳兒就要下車的站了，今天到家時間的延遲，琳兒的爸爸不知道在外面等了自己多久呢，一定很是焦急吧！想到這裡，琳兒感動的淚水掛滿了眼眶，他們之間也沒有辦法聯繫，每晚爸爸只有根據以往琳兒下班到家的時間段的一個區間，一直在站牌等著接琳兒。

總算是到站了，琳兒從擁擠的車上擠著下了車，暖暖的感覺瞬間消失了，隻身單薄的小棉襖的她瞬間感到涼氣直入肌膚，穿透了肌肉直入骨頭，寒透了她瘦小的身軀，凍得琳兒直打噴嚏。

她本能的把工服抱得更緊了，牢牢的包裹著自己的雙手，深夜裡的溫度比傍晚更低了許多，路上的雪花早已覆蓋了平坦的地面，剛剛落下的雪花飄落在地面上也瞬間融入其中，她小心挪動著腳步生怕滑倒。要穿過馬路對面有二個選擇：要嘛需要繞很遠到橋洞下去過馬路，要嘛直接從正在修的高速路上穿過。深夜裡

沒有了施工的工人，只有土堆起來的路面，平時大家都是這樣穿過到馬路對面的，站在站牌看著旁邊安靜的連個人影都沒有，爸爸應該是等了自己很久很久，天氣這麼冷一定凍壞了，想到這兒琳兒膽小的神經又找上來了，此刻她只想盡快回到暖和的家！

就在琳兒走上高速路土路的中央時，看見前面有個男人朝著自己走來，敏感的她定了定神，只見黑暗裡對方手上拿著金色類的東西明晃晃的特別刺眼，心頭一緊，看著那形狀明明就是一把刀呀！琳兒本能的轉身往回走，才轉過身才發現後面也有人向自己走來，手上也拿著一把刺眼的刀，她不知自己該如何是好，只好朝著上面跑。她突然又停了下來，發現上面更黑了，而且離可以穿越的路徑越來越遠，都不會有人路過，反而更危險，立馬轉身又向回走，二名歹徒沒看懂琳兒突然的轉變，愣住在那兒了。

琳兒此刻滿腦子都是浮現出，最近看法制欄目經常出現女性被殺害在外面的報導，琳兒心想：「不會吧！自己會這樣被殺害拋屍荒野了嗎？真的不想這樣，我該怎麼辦？報導上說了都是犯罪分子緊張所導致的殺人滅口，對！我不能緊張，一定要冷靜冷靜。我不想死在這兒，我不要就這樣死了，我不要死！」

她眼看自己就被圍堵住了，琳兒使出渾身解數大聲的喊了起來：「救命！救命！」二聲過後，她迅速的環繞了四周，居然看不見一個人影，歹徒一聽她求救呼叫，神情緊張的圍了過來。琳兒見此情景，立馬閉上呼叫求救的嘴巴，向他們表示自己的保證：：「我不喊了！不喊了！你們不要緊張。」

「我知道你們都是好人，只不過快過年了，一定是沒有錢回家過年才會著急的……」琳兒希望穩定對方兩人的緊張的情緒。

「你看我和你們的兒女差不多大，我也是家裡條件不好，早早就輟學出來打工了。如果你們的兒女在外面，你們一定會很擔心他們吧！你們一定不希望她們受到傷害，每個父母都希望給子女最大的愛，所以你們希望給自己的家人一個好的過年……」看著歹徒的年齡應該是比自己父親年齡稍稍略小一些的樣子，父親在那個年代已是算晚婚了，他們在農村孩子應該與自己同歲吧！

「只是我每個月才三百塊錢，實在是沒有辦法幫到你們，我每個月的工資都是給家裡還債了，每天早上五點鐘出門，現在這個點兒才能回來，中午吃飯都不捨得花錢……」她邊說邊往後退，盡量保持足夠遠點距離，她害怕歹徒會起搜身的念想，希望可以傳達給對方，知道在自己身上不會搜到值錢的東西的，因為她身上也的確乾淨的只剩下一張學生公交月卡，連吃中午飯都不捨得，甚至可以不帶一分錢出門的人。法制報導就說過類似這種案件，她也害怕起來，若是他們沒有任何的收穫，即使自己不喊救命也會殺了自己也不一定，此刻的信念只有一點──我不想死！

「我們都是希望自己家人和自己愛的人都可以越來越好的人，而且你們的子女也一定和我一樣也都愛自己的父母親和自己的家庭，我們大家一起努力加油，才可以把自己的家越過越好，叔叔……您……說對嗎？」琳兒嚇得癱到了地上，一邊向後挪動著身體，緊張局勢升級讓她結巴起來，嘴裡念叨著但凡自己能夠想到的話。

也許因為太過於緊張，手用力撐在泥土和雪花混合成糊狀的地上，沾滿了黏黏的雙手不斷向後挪動自己的身體，以保證自己離歹徒保持一定的距離。「啪！」一聲，在寧靜的黑夜裡，即使

輕輕的聲響都顯得那樣清晰，本能的低頭看了一眼，那是她的工服口袋裡的 BB 機掉出來落在地面上，她工作時為了方便佩的 BB 機下班忘了放回櫃檯。見狀她絲毫沒有猶豫的撿起 BB 機遞給了歹徒，緊張的解釋著說道：「我不是故意瞞你們的，這個 BB 機是我工作時用的，下班著急忘了放回櫃檯了，剛剛我完全忘記了這個事情了。你們把這個賣了還能換點兒錢，但願可以幫助到你們。」

她見歹徒並沒上前來搜身，眼神似乎已經開始漸漸沒有之前那麼冷漠了，琳兒繼續保持不停斷的念叨：「即使工資都被被扣掉了我也願意，至少可以能幫助到你們一點兒，我知道你們一定是到了十分為難的地步，才會走上這個選擇的。我也多麼希望你們可以回老家過個好年，給你們的孩子們買一些好吃的，一家人團團圓圓在一起，才是最幸福的時刻，哪怕自己苦點兒、累點兒也都是值得擁有的。」

「我是家裡的老大，雖然我自己還是個孩子，早早輟學打工賺錢養家，而且家裡還有二個妹妹需要我賺錢來供上學，可是我賺的錢不夠她們上學，我也是需要別人的說明，我們都是窮苦人家的孩子，我們都有自己的難處，都一樣艱難的生存在這個世界上，但凡我能幫你們的，我一定是願意的，只是我真的無能為力，自己也很需要幫助。希望你們能夠理解我，我們大家的生活都不易，我們都是為了生活奔波在北京最底層的群體……」琳兒全身凍得僵硬了，嘴巴已經開始顫抖了，念叨的聲音不斷還在持續著，她不知道對方會怎樣？更害怕法制頻道的報導發生在自己身上，她真的不想死。想到這裡，說著說著她開始哽咽起來，幾乎接近哀求的語氣訴說著自己的狀況，希望得到歹徒的理解：「我們家

也很難，今年過年還不知道該怎麼過，我已經很多年都沒有吃過肉了，你們有見過大雪紛飛的冬天，穿得像我這樣單薄的嗎？我真的沒有辦法幫你們，我不想死，我還有爸爸媽媽和妹妹們要照顧……我真的不想自己出什麼事情，他們就沒有人照顧了。」

兩名歹徒一直沒有開口，從頭到尾聽著琳兒在說話，一句話都沒有回，他們彼此之間更多的是在進行眼神的交流，聽到這裡的時候他們停止了前進的腳步，其中一人伸手接過 BB 機，另一隻手伸去拿起琳兒的工服放在手臂上，他們相互眼神交流片刻後，其中一個人用沙啞的嗓音惡狠狠的丟下了一句話：「不許起來，等我們走遠了再起。」說完就轉身離開。

琳兒沒有想到會這般的速度，她依然停留在恐懼之中，難道這是自己已經安全了嗎？他們不會殺了自己了？這是真的嗎？琳兒腦袋裡很多的問號，也許他們真的被琳兒說動了，看著他們離去的背影，可以確定的是自己真的已經安全了。突然看到了自己的工服，明天上班怎麼辦？罰款不說還得賠錢，想到這裡，琳兒沒經大腦的大聲的說了一句：「能不能把我的工服留下？」

已經遠走的背影立即停了下來，轉身望著琳兒，此刻的她真想抽自己耳光，懊悔自己莽撞的行為，只是一切都已經發生了，她緊忙用歉意的聲音向他們解釋：「我明天還要上班，工服口袋裡還有我託人辦的學生公交月卡，沒有工服會被罰款和賠錢的，所以請你把工服給我留下好嗎？不然我也該沒有工作了。而且公交卡我好不容易才辦起來的，沒有它明天沒法去上班了。」此刻她緊張的快要哭泣的聲音哀求著對方，心裡暗暗的祈禱：「菩薩保佑！希望不要拿走工服。」更多的是希望他們不要再走回來。

他們看著琳兒都沒有說話，彼此對視了一下，拿工服的人隨手把工服扔到地上就走了，看著他們走遠後，琳兒爬起來快速的跑去拾起工服拔腿就跑，曾經那段黑漆漆的長巷，此刻她沒有了絲毫的恐懼，她只想快一點兒到達一個安全的地方，她只想快一點兒在爸爸媽媽的身邊，她不想就這樣死在外面。那是一種從來沒有過的速度，持續衝刺的速度在奔跑著，一口氣跑回了家裡，推開門看到父母的瞬間，琳兒嚎嚎大哭了起來，仍憑著剛剛的恐懼在這一刻釋放。

這一刻，我知道，

救了我的，並非我的勇敢，也非我的冷靜，

而是天地的悲憫，與他們的未眠之善。

看似惡意，卻因為幾句真誠的聲音，

放棄了造因果的行徑，可見當時他們的難言之隱。

我沒有原不原諒的問題，反而只剩感激。

在這樣狀況下，還能全身而退，我真的感激。

師父說，

有時你會覺得生存是那麼困難，

這是環境氣圍所使然，大家都一樣，不必自責。

你想銷售的對象，卻更想銷售給你，

彼此都只想表達自己想表達的，

卻忘了對方需要的究竟是什麼。

每個人都希望找到希望，

卻忘了「給了別人希望，自己才有希望」。

逼迫成長

看似順境，逆境就又來了。

看似逆境，成長的機會也就來了。

禍兮福伴，福兮禍倚。

每天都有穩定的收入囊中，這種感覺也確實很是開心，這也是許多人喜歡自己創業的吸引所在吧！每一筆收入減去成本就都是自己的了，自然有一種自己當家作主的感覺，不需要無論為老闆賺取多少，仍然需要苦苦等到月底才能收到微薄的工資回報。

影響力越來越大，客戶也越來越多起來，琳兒每天忙碌著加班加點，這天來了一個客戶拿著一本書，一進門就直截了當的問：「這本書我明天要，你能錄完嗎？」

「能啊！明天什麼時候要？」琳兒都沒有思考，她也不曾計算過這本書需要多久的時間，最多的一次也就是曾經在廣告公司五天的錄入了。後來的檔基本都是少量的文字，大都以表格檔為主了，但是她知道一點——不能讓客戶走了。

「明天下午五點，真的沒有問題？可不能耽誤了我的事兒了。」客戶懷疑的態度看著琳兒。

「您放心！一定不耽誤您的事兒。」琳兒肯定道。

「你們幾個人錄檔呢？」客戶還是有些不能相信的想再確定一下的問道。

「您這個就一本書，還需要幾個人錄嗎？我一個人就可以了。」琳兒倒也自信滿滿的說。

送走了客戶，琳兒心裡其實也打鼓，這麼厚一本書不到 24 小時的時間怎麼可能呀？不過既然已經接下來了就必須完成，就這樣從下午三點到晚上九點，琳兒屁股都不曾離開過椅子，朋友店子要關門了，琳兒只好把電腦搬回去接著錄入工作，深夜裡她睏得不行不行的，二隻眼睛不停的打架，她用冷水洗洗臉清醒清醒，接著又開始工作，這樣來回好幾次堅持著。

眼睛一眨不眨的看著書，雙手忙碌的在鍵盤上敲打著，螢幕上的文字快速閃現，書一頁一頁從右側翻向左側，左邊的厚度越來越厚，右邊一點一點的變薄。天漸漸亮了起來，一宿沒有睡覺的琳兒此刻唯一信念，就是在時間到來前必須完成稿件錄入工作。

把電腦又搬回店裡後，一邊接待著零散的工作，一邊接著錄入文稿，終於在下午三點鐘順利完成了任務，打電話讓客戶來取檔的時候，對方都不敢相信自己的耳朵。

「我本來還打著一天的富餘的時間的，沒想到你居然真的完成了，還提前交活，哈哈！看這樣子一夜沒睡吧！」客戶人還沒進門，聲音就已經飄進來了。

客戶滿意的取走檔後，琳兒的睏意瞬間襲來，原本的狀態原來是自己硬撐著的呀！她收拾好東西準備回家補覺的時候，店子的朋友找來說要談談，琳兒便有一種不祥的預兆。

談完之後的回家路上，她滿腦子都是朋友的話：「我們店子也小，你這兒客戶多了經常影響我們的生意，而且我們也打算上一些新的發展，你看看下個月就搬走吧！」此刻疲憊的身軀加上焦急的心情，臉上更是愁雲滿布了。

琳兒經常白天到店裡的時候發現自己的電腦和影印機被動

過，但是朋友都沒有說過自己動了，畢竟在別人屋簷下琳兒不曾過問過，因為她不想發生一些沒有必要的麻煩。如今還有二個多月才到期的合同，朋友已經下了逐客令了。

這晚琳兒徹夜未眠，前所未有的壓力侵襲而來，才剛剛開始起步階段，就迎來如此之大的挑戰，她再心大也無法淡定。

第二天琳兒就四處尋找著合適的門店，終於看中了一間八十平米的門店，這比起寄居在別人屋簷的 30 來平米的門店來說已經是非常大了，然而巨額的租金還需年付的方式，也確實讓琳兒糾結。自尊心受到打擊的她，最終還是決定租下來。雖然交完租金就再也沒有一分錢了，但還是簽了合同、交了租金。她並非在嘔氣，因為她已經盤算著把門店一分為二來運作，把自己擅長的通訊設備添加進來，如此便可以多元經營。

就在她搬離不久的時間裡，再次路過朋友店子的門口時，遠遠就看見「打字／複印」的新牌子樹立在門楣上，琳兒笑了笑，從門前走了過去。

朋友，在利益糾結時，這詞經常顯得諷刺。

但，依舊感謝曾經的願意。

只存抱怨，盡是毀滅；

逆來順受，就會成長。

把不可能變成可能，是機會的珍惜；

把不願意變成接受，是爆發力的蓄積；

把艱困轉為甘甜，那是智慧的轉念而已；

當然，這一切都需執行力。

▉ 愛的力量

我曾追尋真愛，卻被愛情打敗。
哪知對家人的那份情，就是難能可貴的真愛。
誠意，決心，勇氣，還有愛，
就是我的表達力。

北漂一族在北京最難的問題，就是上學難。二妹櫻子初一在
王運宏的說明下，順利的在一所單位子弟學校念完，誰曾想命運
如此捉弄，初二學校就解散了，琳兒焦急的四處尋找著可以接受
櫻子的初中，自己已經是輟學無法改變，她不希望自己的妹妹和
她一樣承受輟學的痛。

她來到櫻子小學畢業時考取的八中，當時因為高額的借讀費
而選擇了子弟學校，如今也只能來八中試試看看能不能通融一下。

門口大爺不讓琳兒進去，她只好苦口婆心的和門衛大爺說盡
了好話，大爺也許是被琳兒的真誠所打動，最終放她進去了，並
告訴了她校長辦公室的位置，叮囑著不要隨便亂走動。謝過大爺
後琳兒便朝著校長辦公室走去。

校長很忙，站在門外的琳兒一直等待著他處理各種事務，看
著一個個屋裡的人陸續離開，門外已經聽不到校長通電話的聲音
了，琳兒這才敲門，校長示意她進去問：「有什麼事兒嗎？」

「您好！校長，我妹妹現在初一，下半年初二了，原來是考
到咱們學校的，只是我們家付不起借讀費所以念了子弟學校，子
弟學校下半年就沒有了，所以……想問問您怎樣可以回八中來上

學？」琳兒以最快的速度解釋道。她害怕校長拒絕聽她說話，語速極快的表達著。

「這個啊！你都沒有來學校報到，很難啊！」校長語氣深長的歎了口氣說。

「校長，求求你啦！無論如何我妹妹都得上學啊！她還那麼小，我已經輟學了，不能讓我妹妹也和我一樣……。而且別的學校我都已經去過了，基本都沒有一絲希望，咱們學校之前至少有過我妹妹的名字，還希望校長可以幫幫我，幫幫我妹妹，謝謝您啦！」一聽校長說不可以的時候，琳兒就緊張了起來，剛剛坐下的她立即站立了起來，帶著哀求的語氣說，最後深深的鞠了一躬。

「小姑娘，你快別這樣！這不是為難我了嗎？……不然，你看這樣子好不好，你交齊三年的二萬元的借讀費，這樣收下你妹妹，好不好。」校長看著眼前這個執拗的姑娘，無奈的還是勉強答應了接收下來。

「可是……可是……校長，我們家真的拿不出這個數啊！還希望校長能通融一下！謝謝您了！」琳兒抬頭望著校長，二萬塊多麼巨額的數字呀！話說完琳兒又是深深的鞠躬。此刻的她沒有其他的辦法可以去想，唯有如此來表達自己的誠意。

校長被眼前這瘦小的小姑娘這左一鞠躬、右一鞠躬的，搞得都不好意思了，最後還是退了一步，給出了一個對他而言最大的讓步了。琳兒知道校長已經給出了一個幾乎別人不可能拿到的條件了，只是這個數字對於她而言還是那麼的龐大。

回去的路上，琳兒盤算著自己如何才能到湊到這麼巨大的八千塊錢，經歷了三天時間的折騰，她手裡只有這緊湊的三千塊

已經是她的極限了，離八千還差那麼多，手裡緊緊的握著這三千塊，再一次踏進校長辦公室。

「你怎麼又來了？不是都同意接收你妹妹了？你直接帶你妹妹去報到就可以了。」校長顯然對上次琳兒的行為記憶猶新，看到琳兒的到來顯得更加的謹慎。

「校長，謝謝您！我知道您已經很幫助我了，可是……可是……我湊了三天的錢，只有這麼多。」琳兒把握在手裡錢遞過去。

「小姑娘，我真的已經幫你幫到極限了，學校也不是我自己的，能給你最大限度已經是特殊化了，你這樣子搞就不好了。真的沒有辦法幫你，你再想想別的辦法吧！」校長看了一眼琳兒手裡緊握的錢，歎了口氣，十分不耐煩的語氣說。

「我知道自己這樣的要求很為難您！給您帶來麻煩我跟您道歉！可是我真的已經盡力了，只有這些錢了，我沒有騙你，我還有二個妹妹在上學，我是家裡的老大，初中畢業就輟學沒有繼續念下去了，我瞭解那種滋味，所以我希望自己的妹妹可以繼續讀書。」琳兒很努力的想要說服校長。

「小姑娘，我真的沒有辦法幫你了。就這樣吧！我現在要去開會，你再想想辦法去吧！」說著起身就往外走，準備鎖門了。

琳兒只好跟著校長走出去，站在門外看著校長離去的背影，她心情好複雜，錢已經沒有辦法再去想了，可是這學是必須得上的呀！想了很久，琳兒看出校長為人很好，這裡是她最後也是唯一的出路了，於是她決定再努力一把。

過道上時不時的過著老師學生，琳兒就那樣傻傻的站立原地

等著，一直到累得不行便蹲了下來。她沒有手錶，不知道過了多久，只是看著窗外的天已經開始暗了起來，大概快要下班了吧！可是校長還是沒有回來，蹲著的她漸漸的居然這樣給睡著了。

「小姑娘，你怎麼還在這兒？」校長回來看見琳兒還在這兒，叫醒了她。

「校長，不好意思！」琳兒看見校長趕忙起身，也許起得太快，也許蹲得太久，腿都是麻木的，她已經顧不上這份痛苦了，急忙繼續說著：「校長，我們家真的只有這三千元了，沒有其他任何辦法可以想了。我們舉家來到陌生的北京，沒有親朋好友可以借，拜託您了！校長……」琳兒突然覺得自己詞窮，居然不知道自己該如何繼續說下去，只是期盼的目光等著校長回覆。

校長顯然很為難的表情，深思了很久，最後終於開口說話了：「好吧！小姑娘，你這個真的是開了先例了，我給你特批了。下學期開學前帶你妹妹來學校報到吧！趕緊回去吧！」

「謝謝您！真的謝謝您！校長。」琳兒聽到校長的回覆，心裡那滋味比中了五百萬大獎還要開心。

走出校長室門口後，她才發現自己的腿麻木的走一步都會很疼，琳兒望著八中門口那幾個大字，竟然還能開心笑了起來，比起麻木帶來的疼痛，這個值得慶祝的結果可以療癒好她那份疼痛。

多年來，我已忘記究竟有沒有為自己活過。

我已想不起，究竟有沒有曾經對自己憐惜。

但是沒關係，家裡的人能好，一切能順利如願進行，都是值得的。

表達力不是舌燦蓮花，不是花言巧語，不是詞藻美妙，而是即使不說話，都具備感動的影響力。

我想，所有的不幸就到我為止，別再延續到其他的家人，更何況是尚未長大的妹妹。

我看得懂什麼是一線生機，即使是那麼渺茫。

但我知道什麼是無助的渴望，

而我卻只剩這麼點力量，那就是緣起愛的勇敢。

這份愛，不怕委屈，不怕艱辛，

於是堅持到底，用真情感動天地，那就是無與倫比的「震撼表達力」。

🏰 人情味

法令有其無法面面俱到的難處，
生活有其百般無奈的困窘。
但總有寒風刺骨時的芬芳，
久旱荒蕪的溫暖，中國特有的味道——人情味。

原本簡陋的設備搬到 80 平米的門店裡，看著顯得格外的空蕩蕩的，琳兒把東西整理好便開始了著手籌備著櫃檯的置辦，這個房子的租金房東要求是年付，十個月以來所賺到的錢在付完租金後，所剩下的錢已經不多了，琳兒發愁著這些事兒該如何處理，但事已至此總是要面對的。

陸陸續續的把櫃檯到位，購買了手機模型擺設著，因為已經完全沒有資金去庫存真機了，模型暫時就成了琳兒的一大法寶，後期的銷售就只能靠琳兒強大的銷售功底啦！每次銷售完之後再進行調貨的方式。

她便開始給能夠聯繫上的客戶打電話，告知他們自己已經換了新的地址，並且說了一下新增加的業務，希望以後有需要或是身邊有朋友有需求都可以來店裡看看。大部分的客戶出於對琳兒的信任都漸漸成為了朋友，所以都表示祝賀，並表態一定會去關照的。

店子面積大了便需要人手幫忙，恰巧舅舅家的表妹正是需要找工作，琳兒便答應了讓表妹過來工作，這一天是表妹圓圓剛來的第二天。

圓圓正在收拾著店裡的衛生，楊師傅是專門維修手機的，這天正好給琳兒送已經修好的手機過來，琳兒正在櫃檯裡整理著手機模型的擺設，就在這時看見一個男人的腳步走進櫃檯前，琳兒一邊抬頭一邊說：「您好！請問您需要什麼？」

　　「需要什麼？我需要暫住證。」只見一名穿著員警服裝胖胖的男人笑呵呵的道。

　　「我沒有暫住證，這個是自己的店子呀！」琳兒一聽暫住證全身就發麻，真的怕什麼來什麼，這些年暫住證膽戰心驚的經歷都在外來北京務工的人們心裡深深的留下了陰影，她趕忙解釋道。

　　「那……她呢？」胖胖的男人指著圓圓道。

　　「她今天剛來，還沒有辦。」琳兒一聽矛頭指向了圓圓就緊張起來，若是自己倒也好，圓圓妹妹才來北京，若是被帶走，她該如何給舅舅交代呀？而且現在被帶走的人，都不知道會被送去什麼地方做工再被遣送回原籍。

　　「那就是沒有！你跟我走。」胖員警一點兒也不留情的指著圓圓說。

　　「那不行，這樣，我把門鎖了，你把我也帶走吧！」琳兒一看要帶走圓圓，沒辦法她想著自己跟著去了好歹知道怎麼回事兒，可以保護好表妹呀！只好建議員警道。

　　「那也行！」胖員警先是驚訝，還是欣然同意了。

　　琳兒在收拾的時候心裡其實很緊張的，因為她也不知道將要面對什麼樣的情況。這幾年她靠著自己的學生證，逃過了一次次的暫住證風波，只是見識過人們每次看到員警和協警像瘋了一樣的四處躲避，那場景可以與鬼子進村似的壯景，只是聽說被帶走

的人先是被關起來，然後會被送去沙場做活賺車費，再坐火車皮遣送回原籍，整個過程多則個把月的時間。

就在她看到楊師傅的時候，她指著楊師傅對員警說：「他也是外地，你要不把他也帶走吧！」楊師傅被這一突然而來的狀態也氣得無語了。琳兒用求助的眼神看著他，他無奈的搖了搖了頭，就這樣他們仨都被員警帶走上了車。

路上楊師傅悄悄的拿出手機，還好他有手機可以與外界聯絡上，否則都不會有人知道她們突然去哪兒了，就這樣通知到了外面的人，肯定已經在託人處理了。如此一來，她們仨人便可以安心的等待就好了。

員警隊的院子裡站滿了人，男的女的都蹲在那兒一堆，她們這一車人的到來，院子裡顯得更加的擁擠了，只聽見員警一聲令下：「都蹲下！」大家便乖乖的蹲了下來。就在琳兒剛蹲下沒多久的時候就聽見叫她的名字，她趕緊站了起來，員警拉過他說了一句：「你們仨可以走了。」

就這樣，琳兒知道託的人應該已經打好招呼了，所以他們才會例外被放回去了。懸著的心也算是放下了。雖然有了這樣一次記憶猶新的經歷，但也因此與這位胖員警叔叔結交成為了朋友，在後來的日子裡琳兒遇到些問題的時候，他不少幫助琳兒度過，避免了一次次的麻煩。

　　一場場災難，一番番折騰，
　　生命悲歌總在空氣裡播放，
　　困擾如柳絮，撥也撥不去的搔癢，

慢慢學會了生存的方式，
不論到哪一個地方。
人情冷暖，古今中外皆一樣，
沒有朋友，處處荒涼。
怕管不怕官，人際關係順暢，
遠遠的村莊總會看見光亮，
在那花明柳暗的方向。

█ 特別的生日

不能同年同月同日生，願能同年同月同日喜。

生日相近可能有些個性相似，

卻也只有在緣分聚集，才能相遇。

能夠相知，能夠相惜，才不辜負命運的巧心期許。

她叫傑，北京人，黑黝黝的大臉龐，率直的性情，說話語速極快，做事兒的麻利勁兒是琳兒壓根兒無法跟上的節奏。琳兒卻依然喜歡和她一起逛街一起吃貨一起玩耍。

記得第一次見面的時候，是在琳兒離開那家手機店的分店裡相識的，二個都愛說話的人碰出了火花，一發不可收拾，天南地北的聊著各種話題，就那樣聊了整整一個下午。

琳兒待朋友一向十分真誠，正義感十足的她，認定了的人事物，基本上很難改變，執拗到了極限，這樣一個和自己一樣性格的人相見，頓時有種相見恨晚的感覺。

「你多大了？幾月的？我比你大還是小呀？」傑一下子蹦出來好多的問題出來。

「哇塞！我們倆隻差一天生日啊！」傑聽到琳兒說完出生年月日後，她竟然激動的抱著琳兒驚叫了起來。

相比與傑，琳兒還是比較含蓄內斂許多，頓時有種不知所措的感覺，倒也被這樣的熱情感染著自己，心情顯得格外的愉悅。

「過幾天就是我們生日了，不如我們倆就一起過吧！」傑特別開心的邀請琳兒。琳兒來北京後，其實已經很久沒有過生日了，

就連去年的十八歲都沒能如自己期願那樣的過，完全被忽略掉了。生日便定在了琳兒生日的當天。

兩人如願來到了商場裡，一起看著各種漂亮的衣服、飾品、包包、鞋子……，然而二個手頭拘謹的兩人，逛了整整一個上午卻什麼也沒有買，倒是開心的各種笑聲，散放在商場每一個角落。

中午到了，飯點也就到了，商量了許多的她們最終定在了商場對面超市裡的一家麻辣燙店子，二個人一起一人點了一碗麻辣燙，對視著又是一陣哈哈大笑，那種傻傻的感覺，那份溫馨的畫面，那段開心的時刻，那是單純善良的孩子過的最有愛的生日。

每次路過麻辣燙店，琳兒總會想起那個特別的生日；每次到了她過生日的時候，琳兒總是會想起那個開朗起來嚇人的她。每一段人生的回憶都是那麼的美，美得讓人百憶不厭，每一個路過身邊的人總是那麼的匆忙，然後消失在人群中再也無法尋回。

無論是什麼樣的因緣，讓我們能夠擁有曾經，

我都真心對待，那是骨子裡的習性。

不求每個人都能相伴一生，卻盼盡能不負心門。

當下感動，回味無窮。

至親如摯友，善友如手足。

可以簡單，何必複雜。

能夠快樂，何必煩憂。

不能美，也得善，

不能善，也必真。

人生路上不願悔，黃泉再見喜相逢。

▉ 出路

有時阻擋前進的因素是天意，有時是人禍。

但出路是智慧加勇敢再加行動闖出來的。

所有的設備和裝飾在邊賺錢邊添置，門店內空蕩蕩的空間，逐漸變得越來越充實了許多，沒有任何隔斷，進門便可以一目了然的看得出一店兩行，琳兒看著這樣的模樣，已經感到很滿足了。

在她熱情的經營中，一切彷彿正朝著她的夢想前進著。偏偏老天再一次戲弄了她，門口的環島封閉施工，尋求了許多的人和地方，得出來了一個回答：快則三個月，慢則一年，不好說。

拆除的工作他們倒也是積極，封路第二天就開始灰塵滿天飛了，四處彌漫著濃濃的施工的味道，剛剛建立起聯繫的客戶，繞進店裡需要走很遠，車子是無法開進來的，關鍵是這裡嘈雜的噪音和渾濁的空氣是人們所不能忍受的。

站在窗戶邊上看著外面正熱鬧的施工的現場，此刻她的心情已經被這突來的狀況弄得不知所措了，原本以為可以好好的幹一場，努力奮鬥就一定可以做到更好，誰曾想現在根本就沒有辦法繼續了呀？那種急關係著生意生死存亡，更關係著外欠的債務問題。

「天將降大任於斯人也，必先苦其心志，勞其筋骨，餓其體膚，空乏其身……」每次遇到困難的時候，她就笑笑默默的念著這段話。

想成為很棒的人，那麼上天給的考驗是不是應該接受呢？她

努力的思考著自己究竟該如何面對這樣的現狀。

那時流行著各種卡，IC 卡、IP 卡、充值卡……，長期給琳兒她們送卡的大叔見琳兒這裡進來太費勁，都不願意進來，協商很久才勉強送到工地外。取完卡的琳兒在路上走著，突然腦袋閃現出一個念想：「人們既然都不願意進來，我們就走出去不就可以了？總比等死要強吧！」

想到這裡，琳兒的腦細胞開始活躍了起來。可是如果要送出去，什麼東西比較方便呢？來找她做列印和作圖的肯定不方便，自己也不知道人家在什麼地方，萬一很遠該如何做到送去呢？這樣這條路一定走不通了。

剛剛還因為大叔不願意送卡進來的事兒，琳兒還沒過去那個勁兒呢，她想起這事兒就來氣。「哼！我也有資源，回頭我也做卡，讓你失業。」想到這裡，琳兒笑了，這不就是一條出路嗎？卡體積小好攜帶，而且這些年累計的資源的確是可以用上的呀！許多人工作只為工作，琳兒一直都是從上線到下線，再到運作機制，不厭其煩的學習著，也和他們建立了良好的友誼。

說幹就幹，由於施工原因，她們的卡全部都是送貨上門，大到連鎖手機店，小到小賣部，只要打電話，不管多少量都送過去。就這樣批發卡到遍布區域的大大小小的通訊行業的店子。

出路，就是突破重圍之路，

大家都走的路，同一時間上路，一定塞車，

所以我喜歡早點出門，早點回家，不愛湊熱鬧。

於是，我突然發現與師父的觀念有重疊的地方。

師父說：

經營的寬廣大道就是，只做兩種事。

一是，別人不會做的事，而我會。

二是，別人不想做的事，而我願意。

同理，

出路就是別人不會走的路，與別人不願意走的路，而我正在

路上。

▌▌路曲折，精神振

太直的路，容易睡著；彎曲的道路，警覺性也才高。

沒有走不了的路，只有跨不出的腳。

人們都習慣了她們這樣熱情的送貨服務，也就開始都喜歡從她們這兒進卡了。慢慢的，原來的困境，也就開始有了些微薄的收入，由於資金的不足，琳兒每天一早提著一個包包坐著公車去拿卡，所有送卡服務都訂在下午。

就這樣持續送了幾個月，由原來的幾家到幾十家，再到行業涉及到的店子，然而這樣的節奏琳兒沒有辦法一天跑二次去取卡，現有的錢已經是借來的極限了，有時半天就已經沒有貨了，尤其是充值卡占資金量很大，利潤卻極低。

這時，市場上開始了一種新型的充值卡，環保型紙質充值卡，由於列印出來就可以看見密碼，大家都覺得不安全，琳兒卻覺得來得真好！前去談了代理，因為剛剛推行所以很順利就談下來了，帶著機器回來就開始研究，半天時間就可以開始正式開打啦！

每次發出去的卡都可以馬上收到現金，然後立即存進銀行，轉給總代理，這邊就可以繼續出卡，如此反覆，一天的流水便都是迴圈好多次了，利潤也會隨之而增加。琳兒每天取卡回來的時候就不需要提著沉沉的卡片了，每一次的來回奔波，她幾乎都是精疲力竭。

順利的進行每一天的發卡工作，看著一張一張的卡片從印表機吐出來，猶如吐出一張張的人民幣，看著出卡的速度，都覺得

那是一種享受。

這天琳兒去了曾經銷售手機賣場的移動公司，在她軟磨硬泡的基礎上，終於公司的高總答應了給她一批卡號，那個時候的卡號特別吃香，極少有人可以拿到，每張批發起步價都在八十元，往上加價就看老闆的心情而定，往往最高一張可以銷售高至上萬，低也有千八百的。

高總，年紀比琳兒長，曾經她在賣場時，他就像大哥哥一樣對她們幾個都十分的照顧，琳兒因為住的比較偏遠，每天早上都是最後一個到達，若不是他們照應，大概不知道被商場罰多少次。就這樣，她交了五千元的保證金，匆忙道別了高總，抱著 200 張全球通卡往回走。

如果說送卡解決了一條出路，那麼儲值卡和全球通號的到來，挽救了琳兒繼續奮鬥的決心。

人在遇到困境的時候，往往都是由選擇決定著未來的一切結果，好與壞都在每一人的一念之間的選擇中前行著。每次的困難，都當作是老天對自己的考驗，給自己一次次的出著各種刁蠻的考題，每一次都盡自己最大的努力去做，交了自己最滿意的答卷。假如重新再來一回，琳兒相信她依然會選擇如此曲折坎坷的生活，唯有這樣才能不斷走在成長的路上……

考試是學習的成果測驗，
考過了，也才能再上一級。
考題太容易，是因為程度還沒到，
考題太困難，是因為能力還不足。

磨練，真的是老天的青睞，

否則連丟問題的機會都不給。

能遭天磨是鐵漢，

不遭人忌非英才。

我是女孩，但我願意。

▟ 非典風暴

非典，專業代稱 SARS，
這是那個年頭沒人能忘的噩夢，
而我卻在此刻懷孕了，
生命中困窘的交戰，確實到了沸點。

萬事開頭難，這話一點兒不錯。

第一年，寄託在他人屋簷下，剛剛踏上創業的節奏，準備開始飛翔時，一句逐客令就讓琳兒跌落谷底。

第二年，終於擁有屬於自己的戰地，卻迎來了封閉修路的噩夢，幸好琳兒化被動為主動，總算過去了。

第三年，路終於修好通了，但迎接她的卻是恐怖至極的非典疫情蔓延。

非典的到來，人們都恐懼了、慌亂了，害怕著自己會被不幸降臨，紛紛逃離了北京，要嘛就會窩在家裡拒絕與外界接觸，每個人都戴著口罩，每一次與外界有過接觸，都會第一時間跑去清洗自己的手和消毒殺菌一遍。

全國最堵的北京，各個道路上都通暢，就連平日裡最堵塞的堵車地段，如今都變成了像是荒無人煙似的地方了，各大寫字樓裡彌漫著濃濃的消毒水味，商場裡冷冷清清的見不到人影，人人戴著口罩遮住自己的臉，低著頭走自己的路，彷彿看對方一眼就會被傳染上非典似的。

琳兒也在一進門的位置放上了一張桌子，如有需要的就站在

桌子以外進行交流，待做好了再遞給客戶，雙方都會保持一定的距離，生怕被對方傳染上非典似的。

遇見不小心感冒了，不時的咳嗽就極其讓人討厭的，但凡聽到你的咳嗽聲，條件反射的不再與你有任何的交流和接觸，便匆匆走了。

上門送卡的業務也因此而中斷了，畢竟相比賺錢來說，生命對大家更為嚴重。生意的慘澹已經耗盡了琳兒所有的熱情。她不知道為什麼自己在做事的時候會遇到如此之多的挑戰，她已經在很努力的在奮鬥了。

每天她就這樣坐在店裡，聽著電視裡的播放的各種報導，關注最多的就是非典疫情蔓延的即時報導著，恐慌了全國的人。北京也在全面的進行著排查所有外來人員的體檢，一波波被強行執行繳費帶去醫院進行各項檢查。

檢查完身體之後，琳兒最近一直覺得自己有些不適，便掛了號去看看病，醫院除了強行執行檢查的人以外，冷清的只剩下醫生了，很快就檢查完畢帶著結果去找醫生，醫生的確診無疑給了琳兒巨大的壓力，但也給了她堅定不移的信念：「我一定要檢查下去！直到成功！」

回去的路上，她激動又緊張的撫摸著自己的肚子，這裡正孕育著小小的生命，那是她生命的延續，既興奮又憂鬱，興奮的是迎來了這個世界上最珍貴的禮物，憂鬱的是接下來自己該如何才能夠改變現在這種局面。

也許是上天賜予給自己的天使，她一定會好好珍惜並照顧好這個寶貝，琳兒覺得自己有一種強大的使命感，堅定自己一定可

以度過難關，沒有琳兒過不去的坎兒！

在各種事件、困擾、挑戰、磨難接踵而至之際，

我無法形容當下的情緒，

因為有著更不堪回首的故事，

是我不願再提的往事，

此刻我有一種寫不下去了的感覺，

因為那是冰點與沸騰的楚河漢界。

一切，先讓自己與小生命活下去再說吧！

█ 貴人難遇，我珍惜

> 貴人為何要幫你，
>
> 不是利益的對價，便是額外的期許。
>
> 貴人若無所求，必是巧遇的善人，
>
> 但若已乏善可陳，何來善人以貴之。

第一本標書的製作後，琳兒開始陸續接到了更多的類似業務了，都說你精通什麼，自然會吸引什麼來，當然也有不少的老客戶覺得琳兒做事兒還不錯，特地介紹著自己的朋友來。

具有強烈老鄉情節的她，每次見到老鄉的時候那份激動心情，周圍的人大概都是能感受到的。尤其是和自己還是一個地區的那就更不用說了，除了王運宏以外，最讓自己覺得十分親切的就是姜工了，琳兒比姜工的兒子大一歲，因此姜工就像對待閨女一樣的照顧她。與琳兒爸爸一樣，姜工也是軍人出身的，因此琳兒常常會去姜工家蹭飯，阿姨做的菜也是特別的好吃，都是家鄉味兒。

姜工每次來做標書的時候，一整理就是好幾天的時間，所以經常會聊起來各種老家的事兒，一個是遠離家鄉很多年的人，一個是背井離鄉求生存的小孩兒，兩人就這樣帶著自己濃濃的思鄉之情聊著各種老家的味兒。

那時候琳兒特別想學習 CAD，因為她看很多的施工圖都是需要用 CAD 來繪製的，對於機會敏銳的她就和姜工說了自己的想法，姜工很爽快的答應了幫忙問問同辦公室的周工，看看是否願意。

一切都是那麼的美好，應該是誰也不忍去拒絕一個如此好學

上進的孩子吧，於是琳兒變成了他們辦公室的常客，每次去了琳兒都是安靜的搬個椅子坐在一旁，看著周工畫著一幅幅施工圖，遇到不懂的偶爾會問一下，周工特別和藹的幫琳兒解答，很快她便可以非常熟練的運用 CAD。

那一陣子的琳兒覺得自己就是一個被幸運寵愛著的孩子，無論做任何的事情都是可以那麼的順利，當然也有許多不為人知的辛酸和苦澀，琳兒選擇性的忽略了一切，盡情的放大自己的幸運所帶來的快樂和喜悅。

在後來的購買設備時，琳兒為了那二萬元可以說問遍了所以可以借的人，沒有借來一分的錢，大家都會覺得琳兒一定是癡人說夢話，瘋了的節奏，這錢借給琳兒就一定還不起了。無奈之下只好硬著頭皮去院裡找了姜工。

琳兒從來不曾想過姜工會借給自己錢，她只是已經沒有任何可以去想的辦法了。抱著試試看的態度去找姜工，那時他們已經換了辦公場地了，搬到了主樓的後面一個小院裡，琳兒記得特別清楚，那天她坐在姜工辦公室旁講的自己的想法，她希望可以傳達給姜工的是自己那份信心。

聽完琳兒的話，姜工思考了良久，居然答應了她，而且當下就取了，二萬元遞給了琳兒，接過錢的時候，琳兒真的有想哭的衝動，那一刻的她無法用言語來表達自己內心的感激之情。拿起筆紙給姜工寫了一張欠條交到他的手裡，琳兒希望姜工可以安心，她一定會如約把錢還上。

在北京，琳兒可以說舉目無親，沒有任何可以依賴的人，只有靠自己去努力去面對，別無他法。然而自從她踏入北京這片土

地上的第一天開始，她就遇見了幫助自己的貴人，先後結識了老家的王運宏和姜工，他們更像自己的親人一樣，無微不至的關懷，讓琳兒覺得自己是那麼的幸福。

那份溫暖，不是親情勝親情，一直持續的溫暖著琳兒每一次絕望時希望。

感恩你們！我的貴人，我的親人，我的朋友。

天助自助者，貴人者人恒貴之。

我感恩所有的幫助，

在那臨門一腳時，都能過關。

我感恩所有的溫暖，

在那寒徹心扉時，都如棉襖。

真心難覓，我已有，

貴人難遇，我再遇。

謝天！謝地！謝謝您！

▉ 關鍵時刻

在成敗關鍵的那瞬間，

那是決策後的全力以赴！

生意一天比一天慘澹，就連馬路上基本也見不到人影，彷彿一夜之間偌大的北京城變成了一座空城，琳兒坐在靠窗的沙發上，不停的歎著氣，已經過去二個月了，如此持續下去，年底的房租都無法交付了，她內心焦急萬分，卻也顯得那麼的無助和無奈。

同行業之間的競爭環境原本就強弱分明，作為這個行業的弱勢群體，毫無當地資源優勢，經營的業務範圍太少，所以根本無法產生持續的收入來源。琳兒在心裡考慮了很久，要嘛選擇默默的努力，像蝸牛一樣爬行著，祈求上天賜予意外驚喜；要嘛選擇賭一把大的，像獅子一樣跳過眼前那道鴻溝，輸贏全靠自己的努力，輸了粉身碎骨，贏了光鮮亮麗。

帶著一顆忐忑不安的心來到王運宏的科室裡，琳兒需要他的說明，因為他沒有其他任何可以想的辦法。琳兒站在門外很久，一直不敢進去，思考再三，她還是決定走了進去。

「你今天怎麼來了？」王運宏看見琳兒到來很是詫異，自從她開始創業以來每天忙碌著工作，極少會來醫院找他了。

琳兒只是「嗯！」了一聲，找了個椅子坐了下來就沒再說話了。王運宏真的是太瞭解她了，見她這副模樣基本也就知道怎麼回事兒了，對她說：「你坐這兒等一下，我忙完手頭上的工作。」

待到他忙完之後，琳兒便跟他進了裡屋的辦公室，他一向待

琳兒如同親妹妹般的好，他們同為邵陽人的緣故，出門在外都是特別的認老鄉情的人，所以琳兒每每遇到困難，第一時間能想到的就只有他了。他親切坐到琳兒的對面看著她，彷彿等著琳兒和他說話，琳兒瞬間覺得自己特別不好意思了，因為不想自己有困難的時候就找他。

但是眼下，她確實需要一個可以幫她提供參考意見的人，她鼓起勇氣說：「我現在遇到了一個巨大的問題，從第一年到第三年，不斷的遇到一些困難，都還好算是扛過去了，這一次的困難我想過如果扛過去還好，萬一扛不過去就會很慘，還欠了那麼多的外債。」

琳兒抬頭看了看他，然後繼續說：「我們那一年一起創業這個行業的朋友，現在大都是在扛著，遲早一天就會被淹沒了的。我們也是一樣，完全不具備任何的競爭優勢，如果想在這個行業生存下去，我覺得如果我可以在這個區域上一臺大型的設備，那麼既可以做外單又可以包攬同行業的業務，唯有這樣才能在這個區域這個行業脫穎而出，目前只有一家公司剛剛上了一臺，所以現在是最佳的時機。」

琳兒說完話之後就一直低著頭，因為她不知道他會如何評論自己的這個想法，對或不對？「那你就去做吧！相信自己的判斷。」王運宏都沒有思考就肯定了琳兒的想法。

「可是我問了一下設備的價格很是驚人，我目前手上沒有錢可以去購買。」琳兒有些尷尬了。

「設備多少錢？」王運宏關心的問道。

「裸機 16 萬 8 千元。」琳兒很小聲的說，那個時候對於所有

人而言，這個一個多麼巨大的數字，就在二年前對於 3000 元都是鉅款的琳兒來說，如今這樣一筆數字更是如同天文數字，但是從現實角度來看，這是她唯一能夠翻身的方法。

「這麼多？」王運宏當時就被這樣一筆數字給驚到了，從事醫務工作時間也不長的他，對於這樣一筆數位而言也是需要接受程度。

許久，琳兒和王運宏一直都沒有說話，他們都陷入了思考當中……。終於，王運宏開口了：「這樣吧！晚上回去我和你姊商量一下，看看把我們的房子抵押給銀行可以貸出來多少錢，好吧？」

琳兒被眼前這個恩人的話驚呆了，她確定了一下自己沒有聽錯吧，傻傻的問：「這麼多的錢，你相信我？」

「一路上以來，我看著你的成長，我相信你，你更應該相信你自己的每一次決定。全力以赴的投入，盡力而為之不後悔。」王運宏用肯定的眼神看著琳兒，並鼓勵著琳兒堅定相信自己。

這份信任堅定了琳兒的信念，琳兒和她的同事溝通這件事情的時候，對方都覺得自己一定是瘋了，而王運宏的肯定便給予了她莫大的勇氣，道別了他從醫院走出來的琳兒，覺得自己特別幸運，老天給了自己一道道坎兒，卻依然給予了無限的眷戀。

第二天琳兒便接到了王運宏的電話，他說因為他們的房子面積比較小，所以只能貸出 4 萬 8 千元。琳兒謝過他之後，又陷入了沉思當中去，這麼高額的費用，自己究竟該如何才能辦到呢？

當天她便坐公車去了設備的華北代理公司去了，之前詢價的時候都是通過電話溝通交流的。見面這還是第一次，接待琳兒的

是一個叫小航的年輕人，個子不是特別高，很熱情嘴巴非常會說，典型的優秀銷售人員。

琳兒非常誠懇的和小航說了自己的想法，也說明了自己經營的發展前景和自己的信心，當然表示了目前資金的緊張，希望可以得到他們的幫助。那天他們溝通了整整一個下午的時間，小航來回奔波於接待室與老闆的辦公室之間。

那個時候剛剛開始流行起來按揭貸款買房，但是設備之類的按揭是完全的空白點。她希望也可以使用這樣的分期還款的方式來進行，並同意支付高額的利息作為回報。但是代理公司畢竟承擔著被詐騙的風險，如果琳兒把設備連夜運走，那麼他們便損失慘重，所以十分的謹慎。

一來二去的談判進程中，最終以第一次付 6.8 萬元，以後每個月付 1.2 萬元，一直支付十二個月的協商結果成交。但是要求三天內付清第一筆款項，在琳兒再三的要求下改為五天。

那些天王運宏和她也在幫著琳兒來回跑著貸款手續，就在交給琳兒貸下來款時，王運宏直接把卡和密碼交給了琳兒，連一張借條都沒有要琳兒寫，那份信任讓琳兒覺得自己此生無論如何都一定要報答他，這是對自己多麼大幫助和百分百的信任啊！貸款下來後，她開始著發愁餘下的二萬元自己究竟該怎麼解決。最終她卻是那麼幸運的在另一個老鄉那兒得到了幫助，一切都是那麼的順利進行著。

從琳兒到看著設備在安裝調試中，整整七天的時間，她從完全不可思議的夢變成了現實，對於所有人而言簡直就是白日夢，但是她做到了。巨額的設備就在她的眼前，大大的機器發出悅耳

動聽的聲音，讓琳兒那麼的陶醉其中。

壓力是一定有的，對於琳兒來說壓力越大動力越大，所以她從來不怕有壓力。二頭的還款著著實實給了她前所未有的挑戰，每當月底來臨之際，就是她最緊張頭疼的時候，所以需要月初就開始各種拓展業務來保證每個月的收入能夠支付高額還款，她和同事幾乎都是沒日沒夜的加班加班加班，那段時間雖懷有身孕，卻依然陪同一起工作到一個個的深夜。

正因為有那臺設備的引進，她才得以解決困難同時開啟了飛行模式，超越了其他一些同業，在這個行業中在這個區域上，享有一份立足之地。

這個決策是明智的，這份收穫是幸運的，

一切的緣起是為了生存下去，

所有的付出是為了放飛夢想，

最終的結果是為了證明自己。

感激那人事物，臨門一腳的幫助，

慶賀那天地間，巧妙安排的體悟。

這是關鍵時刻的敏銳度，

更是一路走來的可信度。

我沒有放縱了自己，

也沒有放棄了夢想，

我不賭博，也不賭氣，

卻不願一路的奮鬥，如泡沫，被人視若無睹。

看似強悍的倔強，其實這是我的中庸，

因為……

師父說：

你不可能每一件事都優秀，

所以不要給自己這樣的要求，

也不要對別人有這樣的期待。

追逐夢想，要實在，要自在。

不要設定連自己都不相信的目標，

那是自我毀滅的捷徑。

不要穿上不合腳的舞鞋上臺，

那是打擊自信的開端。

表演自己的拿手絕活，那是對觀眾的尊重，

尚未考究過的食材，不要端上餐桌臺。

激勵自己的過程，

不要變成迷失自我引信的點燃。

中庸之道，方能不亂了人生的陣腳。

▉孩子，我是這樣愛你

大年初一的禁忌，
擋不住我平安迎接你的渴望。
你是我真正的最愛，
因為從我軀體誕生的生命，
只有你。

過年了，偌大的北京城這個時候是最冷靜的時候，平日裡堵車嚴重的路上，稀稀落落的行駛著三三兩兩的車子，唯有馬路二側掛滿了紅色的燈籠，略顯著有些過年的氣氛。

今天到了預產期的時間，現在已經天漸漸黑了，一天就快要過去了，琳兒的身體卻沒有絲毫的動靜，沒有經驗的她不知道該如何處理，於是決定還是去一趟醫院吧！

醫院裡也許因為過年覺得不是那麼好的事情，所以連平日裡熱鬧非凡的醫院也變得特別冷清，人少檢查起來很順利，各種產前檢查很快就全部做完了，住院手續辦好後就被安排到了病房換了病服，送進了產房。

還沒進去就能聽見從裡面傳出來的嘶喊聲，琳兒聽著全身直發麻，不由自主的就開始緊張了起來，躺在病床上任由醫院檢查，又被送回了病房，原因是只開了三指還沒任何症狀表現，病房護士著急了，開了三指了萬一隨時要生了怎麼辦？眼看就要到了深夜了，留下值班的醫生護士都沒能回來過年，想必本來心情也不太愉悅，琳兒就這樣被來回推脫著，最後醫生跑來和她商量，是

不是可以進手術室剖腹產？她也害怕萬一後半夜的時候要生了，沒有醫生可怎麼辦？便只好同意了醫生的建議。

　　病房內做著各種術前準備，琳兒緊張的心帶動著身體開始顫動著，無論她怎樣調整呼吸都不能緩和身體的抖動，牙齒之間也相互摩擦不斷發出刺耳的聲音，躺著望著天花板快速的移動，心跳不斷的加速，直到進入了手術室，頂上出現了那無數燈的手術檯。她閉上眼睛默默的祈禱，希望一切順利，雖然不曾信仰佛教，但還是祈禱菩薩保佑自己和孩子平安！

　　隨著麻藥的藥效起了作用，慢慢的琳兒的身體知覺少了起來，直到醫院用針扎她的肚子，問：「有疼的感覺嗎？」她用心感受一下回道：「沒有。」

　　就在話剛落音的瞬間，只聽見「嘶！」一聲，她可以感覺到自己的肚皮被劃開了，一層一層的剝開肚子，呼吸的感覺越來越弱，漸漸的有種迷糊的狀態，旁邊的護士不斷的拿著呼吸機，引導著她呼吸，時刻提醒著保持清醒，不要睡覺，琳兒十分聽話的按照護士的話在做。醫生不斷的在她的肚子裡掏來掏去，還時不時的按壓胃部，原本呼吸就虛弱的她開始呼吸困難起來。時間一點一點的在前進，在某個瞬間，她覺得自己快不行了，已經感覺不到自己的呼吸，有種快要結束生命的最後的感受，片刻間進入了虛幻的夢境裡，眼睛也已經沒有了力氣去睜開，那一刻，琳兒覺得自己不行了……

　　「哇！這個孩子好白呀！」喜悅的女性的聲音。

　　「快！讓他哭出來！」男性的聲音安排道。

　　「哇嗚！哇哇！哇嗚……」清脆的哭聲。

「快睜開眼睛看看，是男孩！」剛剛那位女性說。

琳兒依稀可以聽到這些對話，她知道此刻孩子就在眼前，努力的睜開眼睛，只見光光的身子的嬰兒在自己眼前，閉著眼睛只管哇哇大哭著。也許是燈光太強烈，也許是不適應這個世界的環境，眼睛緊緊的閉著，這次第一次她與他的相見，她卻一眼就愛上了這個小帥哥，看他一眼後的琳兒激起了鬥志，她努力的調整自己的呼吸，企圖多吸一些空氣，讓自己緩過勁兒來，她要照顧這個屬於她的最愛。

她可以感覺到肚子裡的東西被醫生掏出來、放進去的所有流程和每一個動作，她真的沒法想像這一幅幅血腥的畫面，此刻只想自己一定要活下去，為了自己的孩子。

直到肚子一層一層的被縫合在了一起，手術總算是結束了，在被推離手術檯、推出手術室的時候，她的心總算從懸掛著放了下來，她不知道自己究竟進去了多久，卻可以清晰的記錄下生死存亡的片刻感受。

我用我的個性，留下了你的胚胎。

我用我的臍帶，支撐著你細胞分裂的不斷延續。

我用我的呼吸，堅持著你的心跳。

我用我的生命，歡迎你來到北京。

從你我一分為二，聽到你哭聲的那刻起，

孩子，你要記得，媽媽最愛的永遠是你。

▉ 因為倔強，所以崛起

不曾越過崎嶇，重摔必然不起。

不曾踩過泥濘，煩擾必然放棄。

金錢不是興趣，卻是責任驅使帶回的點滴。

　　這一年，琳兒身無分文重新開始了新的一輪創業之路，那是在承受吃不上飯之後最艱難的日子，每個月末就開始發愁下個月的生活費，面對上有老、下有小的家庭結構，她內心焦急萬分，即使如此，面對家人、朋友或客戶時，依舊保持淡定的心態。

　　年初開始，摒棄過往所有的人事物，把自己丟進一個完全陌生的環境，一切真的完全再一次從零開始，這樣的壓力對於如今的琳兒來說，艱苦了些，壓力山大了些，但自信心卻依然十足。倔強的她，每一次的堅定信念，都是來自於——為自己爭口氣。

　　每天在網上及電話，尋找著各種業務相關的訊息，每一份業務如同她的救命稻草，就這樣一個月都能在最後關鍵的幾天，接下一單，這足以維持一家人的生活費了。也許是天生是老闆的思維，琳兒即使在那樣的情況下，很多朋友勸她找份工作，每個月都是固定的收入，有些心疼琳兒的朋友直接幫她找到一份工作，都被琳兒拒絕了，除了剛來北京那兩年，她是不會再給別人打工的，自己再難也是只是暫時的。

　　曾經坐在室內做設計和被動業務的，如今白天滿北京城跑著業務，晚上加班加點趕著設計方案，遇到承接的單子是製作類型的，安排人力、購買材料、監督品質、工期催促……，所有的一

切事物都是琳兒自己一個人完成，她覺得每天的時間都太少了，沒有辦法安排開來。從來不曾接觸製作的她，一點一點的陪著工人一起研究施工方案，改進到自己滿意為止。

每天凌晨就起床，一直忙碌到深夜把工人送回家，自己才拖著疲憊的身軀回到家中。有時趕得急，累得實在不行，熬不住了她只好在附近酒店開上計時的房間，睡上三小時然後接著進入緊張的工作狀態中。

當焦急的等待業務或工作的忙碌進行，那時候的她幾乎忘記了疼痛，也許是沒有時間去看望疼痛的心吧！但她總是在深夜裡獨自一人哭泣，那一刻彷彿全世界只有她自己一個人，就那樣放聲的哭了。白天，面對所有人，她永遠都是一副毫不在意的表情，對待家人永遠都是沒事，多大點兒的事兒呀！對待客戶永遠都是熱情接待，強勢登陸友好合作。

即使如此，琳兒相信自己會重新站起來的，只是時間和機會的問題，她可以等，可以堅持！因為只有她不想要的，從來沒有她做不到的事！

命運的功課前仆後繼，生命的難題不讓喘息，
但從來就不是能夠斷氣的結局。
我選擇爭氣，不是不會哭泣，
我選擇奮戰，不是欲望堆積，
而是無法逃避。
跳得高，不是喜歡，而是阻礙在前，非高不可。
熬下去，不是願意，而是愛在期許，非熬不可。

▉ 找到關鍵，方能連線

解決別人的問題，就是解決自己的問題，
更是延伸無限的機會。

「你是做廣告的？」電腦螢幕上突然閃現出來這一行字，琳兒迅速的回覆：「是的。」

「那你明天早上十點來貴州匯吧！」對方回覆道。

琳兒苦惱了，最近這半年每天昏天暗地的忙碌工作，很久沒有陪小鹿了，剛剛答應小鹿明天陪他一天去公園玩的。於是琳兒回覆：「一定要明天嗎？後天可以嗎？」

「只能明天，那就算了。」對方根本不給她商量的餘地，不肯放棄一線業務機會的她快速思考著，還是選擇答應對方明天去。

帶著愧疚的心情和小鹿解釋著為什麼明天媽媽要失約了，特別懂事的他雖然不能接受這樣的結果，但是依然帶著略懂媽媽的辛苦答應了。下週一定要陪他。

第二天一早，琳兒便開始往目的地去了，早高峰都是特別的堵車，一路上也著實讓琳兒覺得不舒服。二個多小時才到，邊電話聯繫著對方，終於見到了這位語氣十分硬的客戶了。他見著琳兒也沒有自我介紹，直接帶她進到了工地旁邊的小個屋子裡，裡面坐著二排工作人員，琳兒緊跟著他走到了一位男士旁，後介紹得知是這個項目的設計師，和自己聯繫的就是這個專案的管理人。

「葉總、李總，您好！我是廣告公司的琳兒，請問有什麼需要我說明的嗎？」琳兒聽完介紹趕忙上前自我介紹。

「叫你過來呢？因為這個門頭，對於材質的不瞭解，所以沒有一個特別好的方案，你對廣告設計比較專業，希望你可以有好的建議和方案。」葉總一邊說著一邊打開電腦裡的一張效果圖。

琳兒認真看著效果圖，正在思考著，旁邊的李總說話了：「帶你去看看吧！就在旁邊。」

琳兒跟著進入了施工現場，效果圖上的感覺遠不及真實的壯觀，完美的高端大器上檔次。唯獨中間那一塊空間顯得尤為突兀，確實成為了他們的一塊心病，大概也是經歷了一番折騰，不能如願才會那樣焦急吧！這樣琳兒心裡也就顯得理解李總的心情了。

整個過程中，琳兒一直在思考著方案，在回到辦公室的時候，特別適合的方案已經在她的腦海裡浮現了，她直接和二位老總說：「這樣吧！我今天先回去了，明天帶著方案過來給你們看。」

他們似乎不太相信的目光看著琳兒，這一刻，琳兒更清楚，這個方案對於他們的重要性，當然對於琳兒來說這個業務也是十分重要的。她已經不想再每個月都疲於奔命的忙完緊接著忙下一個月。而這個方案已經完全在自己心裡呈現了，這絕非是簡單的一個看板就可以達到效果的，她堅信自己的方案定是會被採用的。只是此刻不能直接就說，得到對方的同意琳兒便回去了。

琳兒徑直回去，花了半天的時間，做了一個動態的效果圖。看著效果圖，琳兒很是滿意自己的設計方案，最主要的是她已經確定這個單她一定可以簽下來了。

第二天一早，她帶著自己的 U 盤就去了，再一次見到他們的時候，看上去像是很疲憊的樣子，得知他們頭一天都有在加班，琳兒倒也沒有廢話，用設計師的電腦打開 U 盤裡的方案。

「咱們這個門頭特別的豪華氣派，中間這塊兒就成了關鍵點，如果設計得好就是畫龍點睛了，如果設計不好那麼就不倫不類的十分難看，所以普通的看板是肯定不可以的，電子螢幕那麼如果不開的時候就是黑漆漆的，那樣的感覺我想你們也知道特別不好。所以，我思考了一個方案，一定可以讓整體的效果看上去提高一個亮點。」琳兒一邊說著一邊打開文件。

他們一看到動態的效果圖已經顯得有些激動了，因為這個效果真的很棒的感覺。琳兒接著介紹：「首先，我們的效果一定要是動態的，這樣可以讓整體門頭的感覺有了生命，不會因為太氣派而顯得死氣沉沉的；再有呢，動態的話目前市面上只有電子顯示幕，我們也不能保證 24 小時開啟，一旦沒有開啟就只有一塊大黑屏，也是無法讓我們做設計的所能接受的，所以這個方案在沒有開啟的時候，是銅板做底，上面印有海浪的波紋，和我們門頭整體效果也是特別相搭的，那麼在開啟的時候，它又是動態的效果，讓靜置的感覺瞬間就能夠有了活力。」

他們在第二天考查了琳兒的施工能力後，便如願簽訂了合同，就在她拿著一沓沓的訂金時，對於生活費用的壓力終於得到了舒緩，然後緊張的工期卻讓她開始步入了加班狀態中了。

沒有一定贏的戰爭，
卻也不能在該贏的時候把自己輸了。
不怕被比較，才有呼吸的管道，
生存就是，別人辦不到，我卻展現出奇的好。
感受一回，誰都忘不了。

◨ 只有最好，沒有剛好

好，不能打折。承諾，無法減分。

趁火打劫，我不恥。

情義相挺，我感恩。

　　對於一直從事業務和設計工作的琳兒，對於施工其實是非常陌生的，帶著工人一起商議著施工的技術問題。由於缺乏施工經驗，一次次的加班到深夜，琳兒把工人們送回去，自己再拖著疲憊的身軀在附近的酒店住下，為了方便第二天一大早接工人去現場施工。她對待工作的追求完美到了極致，效果不能達到自己的要求，一次次的返工重新製作，工人們都勸她這樣下去還有什麼利潤可言，琳兒卻覺得要嘛不做，既然甲方願意把單子交到自己手中，必須交給對方一份美完的答卷。

　　也許正是因為琳兒負責任的態度，甲方的展櫃也交由琳兒了，琳兒白天把工人送到現場，便趕著去廠家和他們商量展櫃的施工方案，設計方案的更改以及緊張的加工週期，一週的時間過去了，依然沒能把最終方案定下來，離交貨的時間越來越短了。這天琳兒焦緊的把廠商的經理打電話催促把合同簽了。

　　「鄭老闆，您看我們這個設計方案基本上已經定來了，我們什麼時候把合同簽一下吧？」琳兒直接說道。

　　「蕭總，你看這個價格這麼低，工期這麼趕，咱們的價格是不是……」鄭老闆顯然已經知道琳兒已經著急的不行了。

　　「一個星期前，咱們不是已經談好了價格的嗎？你說等設計

方案確定下來我們再簽合同，怎麼現在價格又要談？」琳兒已經知道這個鄭老闆肯定是要自己加價了。心想暗暗說，加就加吧，只要不賠錢，能夠按時交工就好了。

「我只說了確定方案再談合同，可沒和你說價格的事情啊！」鄭老闆彷彿拿定了琳兒的說道。

「你說吧！加多少錢？」琳兒深深的吸一口氣，她知道自己此時此刻，唯有按時交工為最終目的，所以現在只能夠忍，時間這麼緊張了，她已經沒有其他辦法可做。

「雙倍的價格，少一分都不可以。」鄭老闆很自信的對琳兒說。

「鄭老闆，我承接下來只有 20% 利潤，您要雙倍的價格？咱們都是做生意的，您也得給我留條活路不是嗎？這樣，我多少錢簽的單全部給你。」琳兒按壓住自己內心的火氣，好聲好氣的希望可以把事情處理好。

「那不好意思，您自己玩吧！我不陪你玩了。」鄭老闆強勢的回覆琳兒，說完就把電話掛斷了。

等琳兒再打過去的時候，電話那頭已經關機無法接通。這一刻，琳兒突然有些不知所措了。就那樣安靜的坐在車裡，感覺整個世界都停止了，感覺自己沒有了呼吸。沒過多久，她趴在方向盤上大哭了起來，已經不記得哭了多久，終於哭累了，她拿起手機翻看著通訊錄，一個一個的找，希望可以想到一些辦法，言出必行，答應了的事情，她必須做到，不管花多少錢，熬多少夜晚，她只有一個信念，堅信她一定可以按時交工的。

電話一個一個的打，朋友一個一個的找，同行業一個一個的

問，沒有一個人願意接這個單子，每一個被拒絕後的電話，琳兒告訴自己，下一個電話一定可以解決的，天無絕人之路。就這樣終於聯繫上了老陳，琳兒十分誠懇的把自己接單和廠商的過程和老陳說了，並希望可以得到他的幫助，自己真的已經沒有辦法了。電話那頭的老陳，竟然痛快的答應了琳兒。

「你放心，接下來的時間我每天晚上都會在工廠守著，一定按時給你交工。」老陳斬釘截鐵的向琳兒保證。

掛了電話，她已經滿臉淚水了，她知道自己一定可以守時完工了，心裡那顆石頭總算是落下來了。

老陳收到琳兒的圖紙，合約都沒有簽，訂金沒有付就開始加工了。琳兒每天都是滿北京的跑，早上出門的時候買上三根玉米棒，到了吃飯的時間就啃上一根玉米充饑。每天睡眠超不過三個小時的加班加點的工作著。就在她本以為一切都正常進展著，再有三天就可以如期交工了。

「我們的所有燈不見了。」剛到現場的工人跑到琳兒的面前。

她趕緊去監控室找到頭一天晚上到早上的錄影，就在她們去現場前一小時，只見有二個人鬼鬼祟祟跑到工地上，抱了二個箱子走了，從模糊的頭像上，琳兒認出了其中一個人，那人她在燈的供應商見過。琳兒打電話過去，對方根本就不承認。

在現場監工的老陳和工頭陪著琳兒奔走了一整天，天漸漸暗了下來，依然沒有一絲的進展，產品只有這一個廠家有，其他的燈根本不符合標準和效果，時間就這樣過去了一天，她們的工期只剩下二天就得交工了，琳兒突然覺得好無助，呆呆的站在工地前，她真的不知道為什麼，好不容易不需要再擔心生存的問題，

老天卻還是給她考驗，她真的應付不過來，只覺得好累好累，不知道自己應該如何處理，蹲在地上嚎啕大哭了起來……

人生的波瀾此起彼落，

突然的變化令人慌張，

止不住的是情緒的宣洩。

累，還是得走下去。

哭，只是療癒一下脆弱的自己，

洗滌著智慧，

沖刷著思緒。

▐▌ 文武兼併，方能智取

不同的事，不同的處理方式，
秀才遇到兵，有理說不清。
文化不是用在蠻荒的對象，
而是贏了之後才有教化的機會。

發洩一通以後，琳兒緩緩的站起身來，她知道自己哭是解決不了問題的，現在要做的事情是抓緊時間把燈找回來，這樣她才可以順利按合約交工，她不怕賠錢，答應客戶的事情，她必須如約完成才是她最看重的。

拿起電話撥通了電話，和對方約定了見面的地方，掛斷電話老陳和工頭一併上了車，正是下班高峰期，路途雖然不是很遠，但堵塞的路款卻讓琳兒他們開了足足四十分鐘才到約定的地點。

廠商的門店，琳兒白天已經來過了，對方一句話就回了，根本沒有辦法讓對方承認。遠遠就看見程帶著一個朋友倆人已經在大門等著他們了。琳兒把一早發生的事情從頭到尾的描述了一遍給程，並告訴他自己已經不知道該如何是好了。程一副邪惡的笑容說了一句：「小事兒，你跟我來，你們倆在門口等著我們。」

琳兒小心翼翼的跟在後面，進門後看見還是白天的那二個男的在，看見琳兒馬上不耐煩的來了一句：「你怎麼又來了，不是都說了我不認識嗎？」

「砰！」一聲巨響，驚呆了現場的所有人，琳兒更是嚇得目瞪口呆的，只見程拿起身邊的一把椅子朝著那兩男的方向飛去，

不偏不正從他們兩人中間穿過去，砸向了後面的櫃檯，只見巨大的聲響震懾了現場所有的人。

片刻之後，大家才從剛剛的驚恐當中緩過神來，兩個男的明顯被嚇到了，語無倫次的說：「我們真的不知道。」接下來「砰！」又一聲巨響，屋子裡已經一片狼籍，只見他們半蹲捂著腦袋，應該已經害怕極了。站在一旁的琳兒被眼前這一景象也著實嚇呆了，平日裡連吵架都極少的，如果看到這樣的場景也不過在電視裡見識過，而如今就發生在自己的眼前，並且這事情因自己而起。

那一刻，她害怕極了，不知道接下來會怎樣？她多想上前去勸說一下，可是她也被眼前這個平時看上去十分瘦弱的程，現在這個酷斃了的程，反差那麼大。她努力的讓自己平靜下來，告訴自己現在她不能說話，否則自己一定會後悔的。所以只好選擇靜靜的看著，她相信程這是給他們下馬威，不然一定得不到結果的。

「我說我說，那是我們公司的人，因為數量比較多，所以就讓人去偷了，但是那些燈不在我們店裡，在廠裡頭，廠在香河。」其中一個男膽怯的說話了。

「現在打電話讓送過來，就說有一個新的客戶需要買這些燈，客戶著急，馬上送來。客戶會在六環邊上取貨，錢已經付了。」只見程不緊不慢的說道。

他們很聽話的照做了，很快聯繫好了，電話那頭完全被蒙在鼓裡，爽快的答應馬上就送來。

程讓琳兒帶著老陳和工頭去取，他們倆留在店裡等他們取到燈了通知，再離開。走之前琳兒悄悄的和程說我們拿到燈就好了，程邪惡的笑笑算是回覆了琳兒。已經過了高峰期了，他們很快便

到了約定的位置，等了很久，琳兒電話過去程那邊，催問對方到什麼地方了。終於來了一輛麵包車停在琳兒的車後面，老陳下去從對方車上把燈搬到了車裡，上車後便準備往回走，琳兒給程打電話，燈已經取到，他們可以撤了。

電話剛剛掛不一會兒，只見後面緊跟著一輛車，仔細一看就是那輛送貨的麵包車，琳兒加快速度開啟了一場賽車大戰，琳兒的車技實在是太差了，花了半個小時走了一段非常熟悉的路才把麵包車甩掉。

此時的琳兒已經滿頭大汗了，把車停在路邊，拿起手機撥通了廠商老闆的電話號碼，電話那頭接通就開始跟琳兒急了：「你什麼意思，把貨拿走了，錢不給？」

楊老闆火冒三丈的質問起來。「楊老闆，你自己先別急，問問你們的人都做些什麼事情，燈我已經拿回來了，如果就這樣了我也就不再追問了，如果要是你還找我的事，恐怕我就只好報警了，你自己先想清楚了吧！都是做生意的，賺點兒錢只為了養家糊口，沒有這麼做事的。」琳兒深深的吸了一口氣，故裝淡定的回覆著對方，其實還沒有從剛剛緊張的氣氛中緩解過來。只聽見電話那頭「嘟！」的一聲，對方已經掛斷了。

琳兒長長的舒了一口氣，從早上到現在，懸著的一顆心總算是可以放下了，望著老陳和工頭，仨人哈哈大笑起來了，這是喜悅的笑，也是無奈的笑，更是複雜的笑。

等他們仨趕回到工地現場的時候已經是大半夜了，琳兒陪著工人們連夜加班加點的趕著工期，疲倦了就在車裡小眯一下下，她們在爭取著最後的 36 小時，一定要在規定的時間交給甲方一個

滿意的答卷。

　　看著如期交工的成品，得到了甲方的肯定和順利接收，琳兒開心極了，這一個多月以來，她忙碌著大大小小的承接項目，每日下來二、三小時都睡不到，睏了就近開酒店小睡一覺。雖然已經有一個月都沒回家了，看著銀行卡上增加流入進來的七位數，滿滿的成就感油然而生，家裡二老三小可謂是上有老下有小，之前吃了這個月沒有下個月的日子總算是告一段落了，琳兒瞇瞇的小眼睛，心裡美滋滋的。

　　武俠小說裡的高手並非都粗人，

　　少林、武當、峨嵋，盡是修行人。

　　不只強身，更是護體，也才能在必須出手時，方能掌控局勢，避免不良的因果延伸。

　　邪惡不一定是本質，而是見鬼說鬼話的一種必須語言。

　　暴力不可取，卻也不可避。

　　刀可料理食材，卻也能成為武器，只看用在何時何地。

　　柔弱無力以縛雞，一抹正氣貴人齊，

　　扭轉頹勢於智取，閃耀淚光皆感激。

登高遠眺遇見自己

好了傷疤忘了疼

那是人的通病

有了成就淡然初心

那是人之常情

建好了長城

登高遠眺才知自己的渺小

發現了微不足道

才真正把自己找著

▉ 老天說：你多認真，我就多當真

結業典禮前一天，琳兒終於還是病倒了。為了自己的言出必行，也為了自己終於還是堅持走到最後，琳兒依然選擇帶病參加結業典禮。

典禮活動對於許多的同事而言是慶祝收穫，對於琳兒來說這是一次重生，這種感受只有她自己才懂，她相信一切都是最好的安排，她也堅信一切都是新的開始而非終結。

連續幾日的發燒咳嗽，琳兒說話幾乎只能發出沙啞的聲音或手勢來與人溝通，身邊的朋友望著難受的琳兒，都是帶著溫暖的關懷心疼著她，此情此景卻是如此熟悉，如同回到N年前……

「服務員，可以幫我介紹一下這款手機嗎？」一位約40來歲的叔叔站在手機櫃檯前問。

「您…等……一…下……」琳兒用嘶啞得已經無法發聲的聲音，努力的說出四個字。

「你別說話了，你把盒子拿出來我自己看吧！」叔叔抬頭看了看琳兒，焦急的表情略顯心疼的說。

「嗯嗯！」琳兒感激的使勁點頭，邊取出盒子用手指給叔叔看，手機的功能和配置，用計算器給叔叔輸入手機的價格。

叔叔看上去還想看看其他的款式，處於職業行為，琳兒還是用上了嘶啞的聲音開始介紹，但是她的話還沒有說完，叔叔已經懂了琳兒的心意，示意她不要再說話了。

「你幫我就拿這一款吧！雙配齊了就可以。」叔叔關懷的和琳兒說。

琳兒有些吃驚的看著叔叔發呆，自己突然不知道該如何是好了，因為她知道這位叔叔明明還在想多考慮其他款式的呀！

「丫頭，你還在幹嘛呢？拿手機去呀！」叔叔笑著對琳兒說。

「好！」琳兒有些忍不住眼淚的說。她趕忙從櫃子裡取出手機配齊全套拿到櫃檯上。她麻利的小手迅速的把手機取出準備試機和叔叔介紹使用事項，還沒等琳兒張口。

「丫頭，你把手機裝起來吧！我回家自己研究，回頭要是研究不明白，我再來找你，反正離得也近。」叔叔真誠的笑笑看著琳兒說。

裝好齊全套琳兒雙手遞給叔叔：「謝謝您！」

「快過年了，丫頭你得照顧好自己，不然你家人得多擔心你啊！我走了啊！」說著叔叔轉身離去下了電梯。

琳兒開始接待其他的客戶，這幾天也許是因為快要過年了，來買手機的人特別多，每天從早上９點到晚上９點，基本沒有停過說話，一向嗓子不好的琳兒，聲音便嘶啞成現在的模樣。

來買手機的客戶，每每在聽到琳兒這嘶啞的聲音介紹時，都帶著關懷的眼神看著琳兒，所以選好了就直接拿手機，不再讓琳兒給介紹了，琳兒被這份大家對她的關愛感動得一塌糊塗。

「丫頭，過來！」剛剛買手機的叔叔站在櫃檯前。

「嗯！」琳兒趕忙走到叔叔身邊。

「丫頭，這個是含片，你可以一直含在嘴裡，這個是消炎藥，每天二次、每次二粒，按時吃。」叔叔一邊拿出藥，一邊叮囑著琳兒說。

「謝謝！」琳兒的淚水在眼眶裡打轉，她此刻不知該如何表

達自己的感激之情。

「丫頭，別哭！我和你阿姨剛剛在樓下去給你買的，我們家閨女和你差不多大，你們外地小姑娘這麼小出來打工不容易。快點兒好起來，過年好回家。」叔叔親切的拍拍琳兒的肩膀，安慰琳兒道：「那叔叔先走了啊！」

琳兒趕緊示意要送叔叔，到了電梯口時看到了阿姨，叔叔阿姨不讓琳兒再往下送了，示意琳兒趕緊回去工作，琳兒深深的鞠躬致謝……

一晃眼Ｎ年過去了，琳兒依然可以感受那份暖暖的愛，雖然她沒有辦法再去當面感謝叔叔阿姨，琳兒願為他們祈福，祝福好人一生平安！

此時又將是年關的時候了，為了回家過年期盼了一年，漂泊了一年的心終於可以回家好好休息，感受家的溫暖。琳兒祝願天下所有的出門在外奮鬥的人們，平平安安回家過年！

在為生活、為理想而奮鬥的開始，我感恩有這麼多的貴人默默幫助。

我望著天，感恩老天爺，謝謝您派他們來協助我，鼓勵我。

老天微笑著，沒有說話，但彷彿給了個聲音，回答在我的左心房——你越認真，我就越當真。

我聽到了，

感謝您的鼓勵，我會更加努力！

🏯 我愛看書，因為我不想輸

北京的冬天寒風凜冽，室外飄著小小的雪花，氣溫都在零度以下。學校已經寒假了，琳兒念高中的小妹終於可以輕鬆一些日子，她們姊倆彼此依靠著彼此坐在沙發上，小妹正在津津有味的啃著書，琳兒悠閒的翻看著手機，看上去是那麼的和諧溫馨的美麗畫面。

「大姊，你看這還有蹭書。」小妹拿起書笑道，把書放到琳兒的跟前。琳兒拿起書細細的看了起來，故事講述一個小姑娘在書店蹭書的過程，琳兒心裡瞬間和這個小姑娘產生了共鳴，曾經的一段蹭書經歷浮現在琳兒的眼前……

琳兒每次去一家書店看到滿滿書架的書，心裡就有莫名的興奮，每次休息的時候，就會來這家書店看書，琳兒看的激勵的、學習的、電腦的、設計的……很多方面的學習書本都是來自於這家書店，蹭書的經歷也是從這兒開始。

這個書店不是很大，但書籍內容豐富，基本覆蓋了琳兒想看的書籍了。書店的空間擺滿了書架，以致於走在過道上二人側身才能過去，琳兒每次來書店一待就是一整天，站在書架邊不斷的側身讓身邊的人過去。

因為常來，老闆娘也認識琳兒了。老闆娘約莫 30 來歲，個子小巧，也是南方人，為人特別和藹可親，琳兒每次進來都熱情的和老闆娘問好，老闆娘都會和琳兒寒暄幾句。雖然琳兒從來沒有在這兒買過一本書，還經常整天的看書，但老闆娘從來沒有說過琳兒，依然待琳兒極好。

每次書店還沒開門，琳兒就在門口等著，書店關門的時候，琳兒總是最後一個離開。遇到封裝好的書籍時，老闆娘二話不說就打開一本，笑著對琳兒說：「打開一本做樣品。」遇見天氣特別冷時，老闆娘會給一天沒有吃喝的琳兒遞上一杯暖暖的熱水。

　　在學習 3Dmax 和 CAD 時，那個時代軟體都是英文版的，原本初接觸電腦的琳兒完全不知如何開始，她能想到的就是最笨的方法，她筆記本上對應軟體滿滿的記錄了一本的英文單詞，跑去書店一個一個的查詢好翻譯，再核照教學書中的講解一一核對，學習設計軟體的三個月下班後和休息的時間，琳兒幾乎都是在書店裡度過，琳兒也是這個時期在這個書店買了第一本書。

　　當她拿著錢跑到老闆娘跟前開心的說：「謝謝您！我想買這本書。」

　　老闆娘大概從來沒有想過琳兒會買書，很錯愕的看著琳兒：「你看就好了！不用買的。」

　　「阿姨，謝謝您！我今天就想買這本書。」琳兒很果斷的回絕了老闆娘的好意，她知道老闆娘不希望她花錢，可是看了將近二年的書了，今天她手裡的錢是可以自己支配的剛好可以買這本書，無論如何也一定要買一本書。

　　「好，這樣給你打七折，這個你得聽我的！」老闆娘不容琳兒拒絕的眼神看著琳兒，像是在說：「你不同意我就不賣給你。」

　　「好吧！那你不是虧了？」琳兒撇著嘴巴有些尷尬了。

　　「拿著吧！」老闆娘笑得很開心，把書遞到琳兒跟前，又開始忙碌起來。

　　小妹久久沉醉於琳兒的回憶中的情景，她怎麼也沒想到自己

的大姊會有這樣一段蹭書的經歷，初看到文章題目的時候，她甚至有一些覺得很好笑才拿給姊姊看的。自己現在的幸福生活，姊姊付出了怎樣的辛苦呀？

　　琳兒看出來小妹的心思，她希望自己的小妹一直這樣無憂無慮的生活。「所以呢？我們在看到一篇別人寫的文章時，不應只是看看就過了，而是應該盡可能的去感受筆者當時的一個情緒變化，體會筆者的在那一刻的心情和領悟。這樣你才能讀懂這篇文章的內容，學會用心去體會別人的、自己的故事，才會成為有智慧的人。」琳兒摟過小妹在自己的懷裡，輕輕的撫摸著她的頭髮，細語呢喃的說。

> 我愛看書，因為我不想輸。
> 我愛學習，生命方能不迷糊。
> 感恩書店老闆娘的文化純淨，
> 感恩智慧庫藏免費博覽。
> 書，彌補了我失學的遺憾。
> 書，墊起了我知識的眺望。
> 師父說：學歷無用論，知識練心剛。
> 我，也開始在寫書，不是想要當大作家，
> 而是我願意將這些年累積的能量，
> 隨喜分享，綻放另一朵燦爛的力量，
> 回饋所有協助過我的貴人們，也給雷同遭遇的朋友，一抹溫暖心房的月光。
> 因為，我感恩！

■ 想要說話有力道,必須自己先做到

掛了桀少的電話,琳兒澎湃的心情開始沸騰了:「終於可以見到我的女神了。」

第一次見到她是在一次會議上,受邀請的嘉賓都具有一定背景的人士,琳兒連續幾晚的失眠,此刻已經完全不能控制自己的睏意,聽著臺上的講解,琳兒睏得已經完全不知道講什麼,感覺像催眠曲一般,加速促使琳兒進入了入睡的狀態,理智和睏念開啟了惡戰。

就在它們打得不可開交的時候,主持人介紹了下一位大咖的簡介。

此刻,上來了一位女士,優雅自然,淡淡微笑,眼露柔光,站定講臺中央,幾秒中的靜默,如同大舞臺即將拉起的簾幕。這瞬間琳兒明白師父說的:「不說話,都具備了十足的影響力。」

聲音掩飾不住她的疲憊,然而在勞頓中的成就早已散發光芒,覆蓋了她的虛弱,展現出了一種難以形容令人屏息的氛圍,超乎想像的期待。

琳兒不自覺的就被這股氣場吸引了過去,精神十足的開啟了學習模式,剛剛的睏意瞬間不知道跑哪兒去了。幾秒鐘的簡單介紹,便開始直入今天的主講內容,短短的時間讓琳兒理解了複雜的邏輯思維之間的各種關係和運作方式。一個非本專業畢業的可以做得那麼成功和表達如此透徹,琳兒的眼睛亮了,琳兒極少會對一個人產生崇拜之情,在那一刻,琳兒認定了這就是她的女神,琳兒已經無法抑制自己內心的澎湃:「我想跟女神學習,像她這

樣優秀。」

　　琳兒終於就要和她的女神單獨見面了，已經感冒了將近一週的琳兒此刻臉色蒼白，還在不斷的咳嗽著，照著鏡子裡的自己，明天就要見自己的女神了，琳兒選擇不去外面造型指甲這些外在的修飾，在家吃藥安心睡覺，養足精神恢復好身體。

　　沿著長亭一路往裡走，四周設計都是古建築，位於中央有一個湖，湖面的水已經結冰了，古建築與湖的結合猶如水上建築風格，這景色的迷人讓人很容易恍惚，彷彿穿越到了古代的皇宮的後花園。湖邊有一座獨立的房子，站在窗戶就能看到對面的美景，假山也在這樣的氛圍中顯得特別的美，琳兒的女神就在裡面。

　　透過窗戶，可以感受到熟悉的氣息的女神就在裡面，她今天看上去比上次見面的時候氣色好很多，很明顯心情也是好許多。友好的自我介紹之後，琳兒表達了自己對她的那份仰慕之情，琳兒告訴她稱她為自己的女神，希望可以有機會能夠和女神學習。非常迫切的想要知道女神的一切，因為女神在琳兒心裡像個謎一樣神祕。

　　她也許是因為今天心情不錯，也許感受到琳兒的真誠；女神和琳兒講起了她的經歷、創業和 2017 年的規畫；女神特別喜歡毛主席的思想，做事情的風格也頗有主席的風範。與此同時，女神不忘親切的幫助琳兒規畫了 2017 年的方向和節奏。

　　琳兒一直望著她的女神，非常認真的聽著女神說的每一句話，生怕落掉哪一句重要的話了。時間在這一段過得尤為的速度，感覺一眨眼的工夫，一小時時間就過去了。女神約下一個時間段的人已經到了，琳兒只得道別走了。臨走前琳兒和她的女神拍了一

張照片留念，因為她覺得這是一個值得紀念的時刻。

在往外走的路上，回顧剛剛所有的過程，琳兒有些不捨，有些百感交集，彷若多年來的一幕幕重現眼前。

琳兒知道自己之所以喜歡她，是因為兩人很多共同的特質。此刻琳兒才驚覺，女神就是自己即將成就的未來。

雖不知這個過程還需要多久，也不知必須經過多少磨難，但琳兒相信，在這次靈性交疊的過程，已然獲得了女神的加持。

女神說的話之所以震撼，又讓我想起了師父的話：「想要說話有力道，必須自己先做到。」

我充滿鬥志，充滿力量，充滿勇敢，因為奮鬥的路上，我不孤單。

▐ 我只是做我該做的

2016 年即將結束，這一年對於琳兒來說，是喜悲交加煎熬的一年，也是經歷重重考驗的重生。

琳兒可以清楚的記得，在 2016 年的春節第一天早晨，琳兒夢見母親離開了她，她在夢裡不停的哭泣，驚醒時依舊滿臉淚水，那一刻她深深的意識到她不能失去媽媽⋯⋯

過了正月，琳兒開始四處醫院去發放媽媽的配型單子，已經快六年了，配型單遞交上去後，從此了無音訊，媽媽醫院的病友每一次有離開的，她的心情就跌入低谷，每隔一天就需要在醫院透析，長時間對於醫院的排斥與無奈一直都是琳兒媽媽內心的恐懼。

這一年這件事情上琳兒是幸運的，她感恩蔡主任，感恩許大夫，是他們的幫助才可以順利進行到底，直到母親順利的出院，臨出院前琳兒特意去了主任辦公室，以表達自己對他的感激之情，主任卻說應該感謝的是琳兒自己。琳兒知道主任真心的幫了他，在她心裡已經將這個恩人深深刻在心上，滴水之恩當湧泉相報。

琳兒媽媽術後可以不再為去醫院而恐懼，不再為病痛而折磨，不再為吃飯而發愁，一切開始變得越來越好，心情也隨之改變了許多。看著媽媽的變化，琳兒真的好開心，半年的努力付出真的好圓滿。

六年了，這塊沉重的石頭也隨之卸了下來，琳兒還清楚記得，六年前的最後一天下午三點鐘，當她接到電話說母親得的是尿毒症的時候，她安慰著父親掛掉電話，她還不知道這是一個怎

樣的病，百度過後的琳兒才徹底明白了這是一個怎樣的病時，她痛哭了起來，那一刻她覺得天要塌下來的感受，她不知道自己該怎麼辦？

整理好心情的琳兒告訴自己：「沒關係，努力掙錢就可以解決這個問題，但凡錢能解決的問題，就是有希望的，我只需要打起精神好好掙錢才是，我是母親的希望！」

在這個過程中，琳兒經歷了許多許多，很多人說幾百萬你可以做很多的事情了，老人嘛盡孝心就好了。琳兒心裡卻想：「媽媽只有一個，只要她好我就開心，為她付出的辛苦我認為是最值的。錢沒有可以掙，媽媽沒有，你的人生都不再是完整的。」琳兒希望所有的子女們能夠清楚這一點兒，不要做了讓自己後悔的事情。

也有很多人說：「我們沒有這個能力去掙那麼多的錢，我還有孩子和以後的生活需要去考慮。」其實這真的是很好的理由和藉口嗎？事後真的不會後悔嗎？相信答案在自己的心裡。琳兒相信，只有你想不想，沒有做不到。當你想要足夠強大，你就有多強大去爭取。

琳兒還是反思了自己，曾經的琳兒有多麼忙碌，以致母親得了這麼重的病情都不知道，身為子女的自己真的做到了孝順嗎？大家都說琳兒孝順，琳兒卻羞愧自己是出現了問題才去彌補，而非真正的孝順。這讓自己的母親承受了巨大的痛苦，琳兒覺得如果自己可以平日多多關心母親，琳兒可以懂得如何照顧父母，琳兒多一些養生之道，琳兒相信這一切才是最美好的，這樣的照顧才是真正的孝順。

在這 2016 年的最後二天，琳兒抱著自己的小熊回憶著這一年讓她覺得最幸福、最幸運的事兒，此刻她的心情是喜悅的，是幸福的，是滿滿的感動和感恩，上半年的喜對琳兒來說亦是一種重生。

父母對子女的愛，是全世界唯一不變的愛。

然而子女若只考慮自己，那還算個人嗎？

活著，一切都有希望。死了，一切就都來不及了。

我感恩，老天、恩人、貴人們讓這一切重生，

恍若隔世，卻也歷歷在目。

當然，我也感謝自己，證明自己是個人，一個有心有肺的人。

其實，我只是做我該做的事。

媽媽，謝謝您！我愛您！

🏰 隆重的紀念，是為了感恩，更為了放下

感恩，經歷了一年如過山車般的經歷後的琳兒，再開始重新回憶過往經歷，書寫著自傳的琳兒，覺得自己最想做的事情就是感恩。感恩一切經歷的人事物，感恩幫助過、傷害過、愛過、恨過的所有的人。

師父說：「當有一天你對任何人事物不再有區別感的時候，你就真的坦然了。」

過年了，感恩過往一年的所有路過或存在在自己生命中的人，感恩上天給自己的每一份安排，所以才會有過年這樣的美妙日子，這是一個多麼隆重的儀式。

小時候貪玩，覺得過年喜慶、有紅包、新衣服才會十分重視過年。當大家一天天長大了，發現過年真是一件好沒意思的事情，開始不再期盼過年。其實過年真的很好，可以給你足夠的時間去感恩、去總結、去清除過往，從這一刻關閉過去之門，迎接未來之門。

2016 年最後一天，琳兒也選擇靜心去感恩並祝福他們。安靜的與過去道別，淡然的伸手去把 2016 猴年之門慢慢的關上；整理好心情，穿著整齊乾淨的迎接未來，只待時間走到 23：59 時，用一顆空杯愉悅的心去推開 2017 雞年之門。

對於琳兒來說，無論是逢年過節、好朋友結緣、愛情紀念日、覺得特別重要的日子抑或是分手的日子，她認為都應該非常正式的去做，以表達自己的重視或是正式結束。

剛剛來北京的那一年，琳兒生日的時候，媽媽特意炒了肉，

以表達對琳兒生日的祝福和重視。已經幾個月一直以鹹菜和燒餅為食的她，看見炒的肉菜只咽口水，從來沒有覺得小炒肉如此的香氣迷人，彌漫在整個屋子，香噴噴的味道真是好聞極了。一碗的小炒肉根本不夠琳兒三兩口就可以吐進肚子裡了；一家人圍在桌子上，齊刷刷的望向那一碗肉，饞蟲被勾得在肚子裡直打轉。

媽媽說：「今天是你們大姊生日，這碗肉你們只能一人吃一點兒，留著給你們大姊吃。」二妹和三妹早已經等不及夾起筷子上去夾肉了，琳兒發現爸爸媽媽的筷子始終留在榨菜的碗裡，不曾去過一次肉碗裡，琳兒夾了一塊肉，快速的吞下滿滿一碗飯說：「我吃飽了，要去上班去了，你們慢慢吃哦！」說完就走了。路上琳兒想回味一下剛剛那塊肉的味道，才發現太快了已經沒有了任何可以回味的味道了，她懊悔自己剛剛應該把那塊肉放在最後吃才是。

即使在那樣貧窮的日子裡，父母都能讓琳兒很隆重的儀式去過自己的生日；她感恩父母給予的每一份隆重的儀式感去體會每一個重要特別的日子，讓琳兒懂得珍惜和重視這份恩情。

沒幾天便是琳兒的爸爸過生日了，早在前幾個月的時候，她便開始每隔一天不再吃午飯，省下來的五毛錢就這樣一點一點攢著，爸爸生日的那一天，琳兒已經攢到了五十元了，她興奮的帶著錢去買生日蛋糕，他們家已經有幾年沒有這樣過生日了，琳兒想給大家一個驚喜，便準備自己悄悄的去買生日蛋糕回家。

逛了好多的蛋糕房，琳兒的五十元連一個小蛋糕都買不了，有些店子勉強同意給琳兒一個小蛋糕，可是琳兒想想自己家裡的人數，她不想看到妹妹們失望的眼神，既然可以開心一次，希望

是可以滿滿的滿足感才好；琳兒最後停留在商場的一層，那兒有二個師傅一直在忙，早上就出門的琳兒頂著太陽一直站在門外遠遠的望著他們一個一個做好，客人們一個一個的拿走，琳兒好羨慕他們呀，可是自己卻羞澀的不敢進去買，因為她知道自己的錢不夠。

其中有一個師傅似乎注意到了一直站在一旁的琳兒，他走上前來半蹲著問：「你是要買蛋糕嗎？」

琳兒被這突然的走過來的叔叔嚇得緊張的一下說不出話來：「我…我…我是想買蛋糕！」

那位叔叔卻親切的問琳兒：「你想買多大的呢？」

琳兒弱弱的指著大蛋糕說：「我…我想要那個蛋糕，但是……我只有五十元錢。」琳兒鼓起勇氣，望著眼前這位和藹可親的叔叔。

師傅有些為難的笑了笑，他似乎想到了什麼，他們馬上就要下班了，於是他招呼琳兒過去：「你過來！」

琳兒傻愣住了：「您同意賣給我大蛋糕了？」

叔叔樂呵呵的說：「丫頭，你都站了快一天了，反正我們也馬上就要下班了，就賣給你一個吧！你要不要加水果呀？」

琳兒開心極了，歡快的問叔叔：「我還可以加水果嗎？」她簡直不敢相信這樣的價格還可以加水果，叔叔給琳兒加了好多水果。

就這樣，琳兒和這位叔叔你一句我一句的聊著天，叔叔手上一直在給琳兒做著蛋糕，速度極快，琳兒就像小學生一樣誠實的回答叔叔的每一個問題。沒過多一會兒生日蛋糕就做好了，沉甸

甸的蛋糕琳兒拎起來還真是很費力氣，不過琳兒告訴叔叔她沒問題的，開心的道別叔叔往回家的路走去……

那一次爸爸的生日因為有了這個蛋糕，顯得格外的隆重和具有特別的儀式，全家人圍在大大的蛋糕面前，可以盡情的享受這份食物，他們感恩那位師傅的恩情，讓全家得以留下了一份如此美好的回憶，讓爸爸的生日變得如此完美！

2016 年臘月三十日早上，琳兒爸爸一早做了滿滿一桌子的各種美味的菜品，相親相愛的一家人圍在餐桌旁時，他們感恩著曾經的一切，感恩 2016 年的恩人對家人的照顧和幫助，感恩生育琳兒父母的爺爺奶奶，幸福的一家人喜氣洋洋的過大年！

過去的苦亦是甜的！

過去的難都是美的！

過去的窮都是值得！

我們以莊重的儀式告別 2016，告別過往！

以全新的自己去迎接未來，迎接美好的 2017 ！

一直以來，我知道我是個充滿著正氣，充滿著執行力，充滿著感恩心的性情中人。

我奮力的愛著每一個我應該愛、可以愛的人事物，但我忘了愛我自己，因為我總認為一切會有力量疼惜。

是的，一路貴人不曾歇，總在臨門一腳時，出現在我的生命裡。我感恩，沒有一個敢忘記。

我活在自己的偉大價值觀裡，因為我沒看輕我自己。對於每一件事，隆重的紀念，是為了感恩，是為了不遺憾，更是為了放下。

每一份體驗，不是因果，就是磨練。

　　於是我感恩每一個發生，深刻體會當下，走過，成長，不再置心田。

　　慢慢的，終於懂得——我追尋的愛，不是不存在，而是一直在心尖。

目標設定

我問：「小朋友，我們一起玩個遊戲好嗎？」

威福：「好呀好呀！什麼遊戲呀？」

我問：「在一分鐘內你們可以鼓掌多少次呢？」

威答：「100 下。」

福答：「我小，應該只能 50 下。」

我問：「那我們一起來試試好嗎？」

我問：「可以告訴我你們的數量嗎？」

威答：「我有 182 下。」

福答：「我也有 125 下。」

我問：「那你們覺得自己棒不棒？」

威答：「我還以為我不能超過 100 下呢！」

福答：「我居然有 125 下！」

我問：「那你們知道為什麼這個數量和我們開始目標相差這麼大呢？」

福搶答：「因為訂太少了。」

威答：「因為不相信自己可以做到。」

福答：「因為我們沒有信心，我們應該相信自己。」

威答：「因為我們目標訂得太容易了，但是我們能力很強，應該要訂一個可以超越自己的目標。」

我說：「答對了，目標訂得太容易了，那就相當於確定的結果，不能成為有效的目標。目標訂得太高了又很難達成，過大的壓力會讓你還沒走到就會放棄。最佳的目標就是可以達到突破自己的

目標。那麼你們會問，什麼是突破自己呢？比如說，你認為自己使出全力可能是 150，那麼你可以訂 180，當你超過 150 以上就可以稱為突破了。」

威答：「那我懂了，好比我考試只能考 90 分，我要給自己訂的目標是 95 分，就是超越了自己。」

福答：「如果我考試的排名提升 10 名，是不是也是突破自己？」

我答：「你們真的太智慧了，非常正確，達到目標就需要培養自己良好的習慣，讓自己變得更加優秀，所以達成這個目標，你們需要做哪些準備工作，你們有哪些不太好的習慣，可以經過調整，說明到你們完成目標就非常關鍵了。」

我說：「威，你不是經常說習慣形成只需要 21 天，今天我希望你們記住一個觀點——堅持久比做得多更為重要。他可以讓你們持續進行下去。所以在設定培養習慣目標時，從少到多，從易到難，循序漸進的方式，好嗎？」

威說：「那我們是不是除了一年的學習計畫，還有生活的計畫也得需要設定？」

福說：「生活上我要設定幫爺爺打掃衛生。」

威福尚小通過遊戲便能懂得目標的設定，新的開始，新的起點，從全新的目標開啟。

生命的價值，

不是獲得了什麼，

而是做了什麼。

不是結果有什麼，

而是經歷了什麼。

當是現在進行式，那就熱情揮灑溶其中。

當是過去完成式，那也感恩花火曾燦爛。

我，不想達成我的目標，而是超越。

我，不想滿足我的美好，而是更好。

師父問：「你的專長是什麼？」

我說：「沒有特長，就是什麼都懂，也都不太精通。」

師父卻說：「這就是人間少有的專長。」

只有更好，沒有最好。

只有更強，沒有最強。

無極乃自然。

▐▌原來幸福這麼簡單

窗外煙花們爭先綻放著最美的自己，為寂靜的黑夜增添了些喜慶的色彩，遠遠望去，它們與遠方的樓燈結合融為一體，像是圍繞著大人的一群孩子嬉鬧的畫面，美極了！

琳兒靜靜的站在窗口，欣賞著這片刻的美麗，感受著這瞬間的感動。莫名的淚水輕輕的順著臉頰滴落在窗臺上的大理石上，而琳兒的心卻是平靜的，那份感動讓琳兒思念起她那個可愛的老孩子——爺爺。

舒甲沖，是一個被山包裹著的村子，步行進去需要幾個小時的時間才能到達，稀稀落落的坐落著幾座房子。還在村口，遠遠就能聽到孩子們的嬉鬧聲，安靜的村落因為孩子們歡快的笑聲顯得活躍了些。

「吃飯了！」一聽就都知道這是奶奶的大嗓門。

琳兒和兄弟姊妹們一擁而至，奔跑直向堂屋，圍在門口往裡望，遠遠就可以聞到香噴噴的雞肉香味兒。玩了一上午消耗的速度有些過快了，再聞著這味道，她們肚子都開始咕咕叫起來了。

爺爺從裡頭往外走了出來：「你們都去去去，上外面去，一會兒再叫你們；你們仨進來。」說著指琳兒和二個哥哥。

琳兒弱弱的只能眼巴巴的看著驚恐不安的妹妹們趴在門檻外不停的望向自己。在她心裡，爺爺一直都是特別凶的，只要爺爺在，琳兒幾乎嚇得大氣不敢出聲，雖然她很希望妹妹們可以和自己一起進來吃飯，但是還是不敢說出這句話。琳兒一年才會回老家一次，不然琳兒大概也會如同妹妹們一樣待遇吧？

　　爺爺把二隻大雞腿夾給了二個哥哥，又夾了一隻小雞腿給琳兒；雖然琳兒平日裡整隻雞只吃雞胗，從不吃雞肉或雞腿，但是她只是低著頭把碗裡飯菜往嘴裡送，此刻的她只想快些吃完，這樣就可以離開屋子了。

　　雖然時隔多年，這個場景都能清晰的浮現在琳兒的腦海裡。也許這是一個與世隔絕般的山落，琳兒的爺爺奶奶正因為在這樣的山落中成長至生兒育女，再有她們這一代的兒孫們。爺爺奶奶都是很淳樸善良的鄉下人，只是在那個時代的一個環境下，農村的重男輕女的觀念，深深的紮根在他們的心裡。

　　在琳兒一家舉家北京多年後，爺爺最大的願望就是希望可以來北京看看。一向最為孝順的爸爸自然是一百個贊同，只是考慮到一直受爺爺奶奶壓迫和剝削的媽媽，爸爸有些猶豫了。琳兒看出來爸爸的心思，琳兒理解媽媽那麼多年的辛苦和委屈，一定她所不能理解的。所以琳兒希望自己可以化解過往的矛盾。

　　「媽，我老爸說想接爺爺來玩，您知道嗎？」琳兒摟著媽媽的脖子笑嘻嘻的問道。

　　「我怎麼知道？別問我，那是你爸爸的事情。」媽媽似乎知道琳兒是說客。

　　「老媽，我知道呢，您以前肯定受過很多很多的委屈，吃了許多許多的苦，我特別理解您。只是您看爺爺都那麼大歲數了，而且一個從小到大在那麼封閉的環境下成長生活，唯一得到的資訊就是老一輩傳下來的話，他們就認定應該重男輕女，才會做了很多過分的事情。換作我們要是在那樣一個環境下成長生活，沒有在外面的那麼廣的視眼，也沒有那麼多新的觀念，也許我們做

的會更加過分也不一定哦！」

　　琳兒邊說著邊朝著媽媽做鬼臉，順便擠著媽媽往裡蹭了蹭，看著媽媽沒有生氣，就繼續說：「我親愛的老媽，其實呢，我知道你刀子嘴豆腐心，要不然你怎麼能容忍這麼多年，還是那麼孝順的兒媳婦呀？我們呢，都有老的一天，有時候人要到了老了的時候可能才會懂得一些事情，但是已經老了呀，他們也是好無奈的，對不對？」

　　「其實我知道你爸爸一直很想接你爺爺來，我也不說是不願意，只是心裡覺得過不去，很不舒服。」媽媽無奈的看著琳兒，媽媽心裡更加心疼的是爸爸，停頓了片刻，媽媽對琳兒說：「你去和你爸爸說吧！讓他看看安排一下吧！」

　　「謝謝我親愛的老媽，我就知道我老媽是最偉大的，有海納百川般的胸懷，心裡特別願意讓我老爸把爺爺接來北京的。那我去告訴老爸去啦！」琳兒興奮極了，著急想著去告訴爸爸，爸爸為這事兒臉都黑了好幾天了，一直都沒有笑容，又不想為難媽媽，只好憋在自己的心裡。

　　火車終於到了，看著伯伯和叔叔陪著爺爺一起走出來，曾經高大挺拔的身軀彎曲了，昔日威武霸氣的爺爺，如今卻是這般讓人憐愛心疼的模樣，琳兒愣住了，相隔多年不曾見過爺爺了，看著變化如此巨大的爺爺，還是會被震撼了。琳兒開心的像個孩子似的跑過去攙著爺爺往車庫走去。

　　那個時候的琳兒每天工作特別忙，一個多月的時間裡，琳兒只抽出來二天的時間帶著爺爺去遊玩，拍照的時候，琳兒像逗小孩子一樣跟爺爺說笑，逗得爺爺哈哈大笑，都露出來了他那掉的

幾乎沒有幾顆了的牙齒。爺爺似乎也特別喜歡和琳兒說話。琳兒便幫著給不愛拍照的爺爺拍上各種留念的相片，記錄下來琳兒的爺爺北京之行和燦爛的笑容。

爺爺特別愛喝酒，爸爸給爺爺每天變著花樣的做著下酒菜，媽媽則給爺爺買了各種爺爺喜歡的東西，琳兒拿出了原來囤積的所有的酒，爺爺倒也厲害，不論白的紅的還是洋酒，統統來者不拒，頓頓不能少了酒，琳兒都擔心爺爺這樣喝能行嗎？爸爸卻笑呵呵的說：「沒事，你讓你爺爺喝吧！這輩子最好這口了，無酒不歡，一頓都不能缺酒喝。」

最後琳兒數過瓶子，被爺爺的酒量驚到了，平均一天一瓶，對於琳兒全家都是滴酒不沾的來說，這種酒量真是雷倒了琳兒：「爸爸和我們姊妹怎麼就沒有一點遺傳基因呢？」

每次可以早早收工的時候，琳兒總喜歡陪著爺爺說說話，雖然爺爺說的很多人很多事，她都不認識不知道，可還是可以和爺爺聊得特別的開心。一直到爺爺提出要回老家了，爺爺是一個特別執拗的人，說哪天回就哪天回，臨走的前一個晚上，琳兒跑去房間，不捨的抱著爺爺告訴他，回家要好好照顧好自己。

爺爺拉著琳兒的手說：「爺爺好喜歡你，爺爺以前怎麼就沒有發現有一個這麼好的孫女？你真的好孝順，從來沒有人像你這樣哄我。這些年你們都受苦了，爺爺對不起你媽媽和你們。如果有一天我要是走了，我希望你還有你們一家都能來送我，我也就瞑目了。」

琳兒抱著爺爺說：「不許這麼說，您還得過百歲大壽呢！等您過壽的時候，我一定辦一場最熱鬧的壽宴，讓您開開心心的過

壽，所以您得好好的活著，成為百歲老人哦！」

爺爺笑呵呵的撫摸著琳兒的頭：「好好好！我活到一百歲，等我的孫女給我辦壽。」

「這次回家後，記得辦張身分證，這樣下次我給您買機票，讓您感受一下坐飛機的感受。」琳兒抬頭仰望著可愛的爺爺。

爺爺開心極了，答應了琳兒回家就去辦身分證。

一晃眼，這一幕的發生，竟也是多年前的片段，一切都已成為了美好的回憶！可愛的爺爺帶給琳兒的更多的是心疼。

曾經的老人們重男輕女的觀念深深的傷害了多少無辜的孩子，但是如今他們都已經老去，他們就像孩子一樣的可愛，而這些孩子們都已成人，過去的已經成為過去，何苦去追究過往。珍惜眼前所擁有的人事物，好好的疼惜，不留遺憾成為將來的悔恨。人生如此短暫，請珍惜！

生老病死的過程，讓我體悟大自然的運作，感受過糾結的不捨，也安然於明白的放下，最後只剩感恩。

時代背景的不同，造就了思維與行為上的差異。

年齡身體的變化，也將改變對人事物上的看法。

曾經的很愛，最後方知誤會一場。

曾經的非常在意，卻也常常煙消雲散。

師父問：「先有快樂，還是先有幸福？」

我答：「先有快樂。」

師父：「沒錯，為什麼？」

我：「不知道。」

　　師父說：「因為快樂是一種想法，幸福是一種感受。沒有快樂的想法，怎麼會有幸福的感受。」

　　原來幸福這麼簡單，

　　於是，我要「快樂」。

從哪裡跌倒，只能從哪裡爬起

數字科學給了創傷的記憶，數字哲學給了完整的療癒。

2017 年 2 月 6 日，對琳兒而言是一個值得慶祝的日子，一份釋懷的感受，一份驕傲的自信，一份真誠的期望……，就這樣在這個特殊的日子，點燃綻放迷人的煙花。

2017 我愛分享，是琳兒的又一突破。

希望，她真誠的希望可以幫助和影響更多正在前進路上的「戰友們」。

希望，用她自己的經歷中的種種坎坷告訴她們，星星之火可以燎原。

希望，用她自己的成功告訴她們：「我可以做到，你可以比我做得更好。」

希望，用她的一次次被困難即將打倒，告訴她們用盡最後力氣全力反擊是唯一機會。

希望，用她自己的蛻變，告訴她們要擁抱自己，愛自己，你將會擁有更加美好。

站在臺上，琳兒才領會到自己的那一刻的責任，雖然曾經這是琳兒最大的恐懼，而此刻琳兒沒有恐懼、沒有空白，她願意分享給她的戰友們她所學所悟，那是一份發自內心的真誠，也是一份自信的淡然，琳兒喜歡這種感覺。

初中的琳兒，家庭的變故，一切都發生了變化，不僅成長在媽媽的比較下，更是成長於一些老師同學們的藐視中，數學老師就是那樣的對待琳兒，傻傻的琳兒選擇用棉花塞住了耳朵，拒絕

聽她的聲音，拒絕聽數學課，來表達自己的抗議，錯誤的決定導致數學成績的下降，幾乎已經完全不能聽懂老師所講的內容。

那日下午的課間，琳兒坐在自己的位置，眺望著窗外的風景，校園裡樹木茂盛，十分養眼。琳兒也是從那個時候起，開始不再喜歡與人溝通，獨來獨往的性格慢慢產生了，而她最喜歡的，這樣望著窗外發呆了。

忽然，一個熟悉的聲音飄進琳兒的耳朵，琳兒沿著聲音飄來的方向望去，只看見了列蠻叔叔走進她們的教室，琳兒一下活潑起來，連蹦帶跳的朝著叔叔的方向去了，調皮的從後面拍了叔叔一下。叔叔正準備和琳兒說話的時候，數學老師說話了，叔叔只好說：「你先好好上課。」就這樣，琳兒只好乖乖的回到位置上去。

從此以後，琳兒開始了恐怖的數學課程，不知道數學老師是怎麼回事，中邪似的開始特別關注琳兒，曾經完全的忽視換來了恐怖的熱情，讓琳兒著實冒起了冷汗。

數學課上，琳兒耳朵塞著棉花，此刻深深的被小說裡的情景吸引著，完全聽不到老師講的內容。直到旁桌推她，她才抬頭發現全班目光都聚齊在她身上，瞬間滿臉刷紅、滿頭黑線，經同學提醒才知道，原來老師叫琳兒上臺做題並講解，突來的狀態把琳兒嚇得全身僵硬，語無倫次了。一直傻傻的站在臺上，完全不知所措，看著全班同學們哄堂大笑，琳兒只想找個地縫裝進去。

琳兒不記得當時是如何從臺上下來的，只知道整個腦袋裡一片空白，她望向臺下，已經完全聽不見聲音，只看到一張張譏諷笑的面孔，嘲諷的聲音從遠近四處飄來，在琳兒四周迴蕩，久久

不肯散去。

多年後，經歷無數風雨都不怕的琳兒，坐著隨時都可以侃侃而談，但是站在臺上，昔日的畫面清晰的浮現出來，衝擊了她的腦波，片刻間腦袋只剩一片空白，成了琳兒心裡最大的陰影。

事後琳兒才知，數學老師很喜歡叔叔，特別希望叔叔可以和她的女兒在一起，所以在得知琳兒和叔叔的關係時，便開始愛心氾濫，不斷獻殷勤，過分且反差極大的愛像洪水般徹底的衝垮了琳兒的自尊和自信。

然而今天琳兒居然是淡定從容的站在臺上，她欣喜不已，她知道自己終於釋懷了，她戰勝了曾經的陰影。琳兒更清楚的知道，她找回了自己，那個善良、熱情、可愛、真誠的琳兒的全部。

在琳兒分享環節哽咽無法講下去的時刻，戰友們的掌聲鼓勵著她；在帶著沙啞的聲音講述著自己的感受時，戰友們深情的眼神溫暖著她；在帶著淚泣的講述整個過程時，戰友們鼓勵的關注給予她最炙熱的愛。真誠才是永恆的。

一個老師的教育模式與心念，決定了學生歡喜成長還是逃避。這種微妙的滋味，我感受特深。

數學是數字的科學，我在這跌倒了，不是我的能力，而是教育者給的創傷記憶。

2016 年底，我遇見了師父，熟悉了數字的哲學，於是我在這數字中重新找回了自己。

我想成敗不是數字的本身，而是傳遞者的心念。

這些日子，我完整的感受到，師父傳承的不是技法，而是精

神。師父灌輸的不是知識，而是靈魂。

　　於是，我跟隨，我模仿，我複製，我變化，我創造，我挑戰，
我超越。

　　我感動這一切，感恩這所有，感恩師父，感恩我自己。

　　我好喜歡現在的自己，

　　我選擇不斷翻騰，

　　我要成為「我自己的偶像」！

♜四十八個結晶

　　隨意的刷看著朋友圈，無意間看到櫻子曬的照片說傷口疼痛，琳兒想起了多年前的手術……

　　醫院裡，琳兒和爸爸媽媽陪著櫻子在醫院做了各種檢查，醫生最後說：「這個孩子身體裡的結石太多了，我們沒有辦法給她用碎石機碎，你們看看還是去兒童醫院看看吧！」一家人只好無奈的離開了醫院。

　　自己還尚小的琳兒，帶著二妹櫻子開始了漫長的求醫歷程。一次次的凌晨排號、一次次的排隊等待看病、一次次的預約檢查、一次次的看檢查結果，整整半年也沒能有一個明確的結果和解決方案。

　　那一日櫻子疼痛難忍趴在床上，看著妹妹難受的模樣，琳兒心疼壞了，她跑去醫院找到王運宏說：「我想問問你，我妹妹的病需要多少錢可以手術？」他望著琳兒，瞬間不知道該如何回答她，他太暸解琳兒的性格了，如果不是著急，她是不會來問他的。如果他來墊付，琳兒肯定不會接受的。

　　於是他思考了半天，反過來問琳兒：「你現在有多少錢？」琳兒低下了頭弱弱的說：「還不到兒童醫院醫生說的五分之一，但是我妹妹很疼，有沒有可能這個錢可以做的手術，這樣她可以先不疼。」王運宏一直把琳兒當自己親妹妹般待，他安慰著琳兒說：「別著急，你等我去問問。」

　　琳兒焦急的等待著，時間一秒一秒的向前推進，想著此刻妹妹還在床上疼著，內心那份焦躁不安的情緒無法調節。她來回走

動在房間裡，時不時的往外望去。

　　不知道王運宏找了誰？也不知道他怎麼和人談的？更不知道是否讓他為難了？因為琳兒真的已經沒有任何其他辦法可以想了，她不想為難這個待自己如親妹妹般的老鄉，她從沒想過王運宏從那一刻開始未來是幫助著她的恩人。

　　王運宏終於回來了，他同時帶來了好消息，櫻子可以過來辦理住院手續了。她開心極了，妹妹終於可以做手術了，好像做了手術馬上就不疼了似的。她突然好像想起來什麼，看著王運宏問：「我的錢夠嗎？」王運宏似乎早就知道琳兒會這麼想似的笑笑的看著她：「放心吧！整個過程我都會叮囑只用必須要用的藥，絕不用進口藥，把這個手術做完，所以你就放心吧！」聽到這裡，琳兒舒心了許多。

　　帶著好消息回到家裡，一家人總算心裡的大石頭終於落地了一半了。櫻子很順利住進醫院，第二天就手術，大家都緊張得不行不行，櫻子倒是淡定的說：「你們不用擔心我，很快就出來了。」她就被推進手術室了，這是琳兒有生以來第一次站在手術室外的等候。

　　手術室外的等待是一種多麼複雜的煎熬，一小時、二小時、三小時、四小時、五小時……，終於手術室的門開了，門外等待的家人們條件反射般的迅速衝到了醫生面前問：「手術怎麼樣？」

　　醫生倒是很淡然的說：「手術很成功，取出了四十八顆結石，還有二個特別大的。」醫生手上拿著二個透明的盒子。

　　櫻子才一百二十公分左右的瘦小個子，這樣小小的腎臟裡竟然有如此之多的結石，真的不敢想像手術的時候，腎臟承受了多

麼大的折磨呀？琳兒心裡頓然十分心疼這個堅強的二妹。

在醫院期間，櫻子的表現讓琳兒這個做大姊的都十分佩服，她為了不讓家人擔心，自己從來沒有喊過一聲疼，卻還時不時的安慰大家：「你們不用擔心我，我一點兒也不疼！真的！」說完還自己噗噗的哈哈大笑！琳兒只好陪著妹妹一起笑，爸爸媽媽心疼的撫摸著這個瘦小的女兒，一家人強忍著陪著櫻子一起笑了！

為了控制醫藥費用，王運宏每天來回穿梭於醫生和收費處之間協商和即時控制著，終於在這樣的緊張狀態下，才能在現有的資金上把手術做完。

學完生命靈數才知道，原來每個數字都有意義。

這一次的手術，再度將一家人的心揪在一起，也再度考驗著人性的情義相挺，只有在關鍵時刻才知道誰會真心幫你。

48 顆結石，引導著安全感的摧殘，牽動著金錢資源是否充裕的思維。在那當下，真的是希望有多少錢就做多少事，深怕造成接下來更大的負擔與更沉重的人情負荷。

48 = 12 = 3

123 檢視著琳兒領導的思維，處理事情的藝術與態度。

這一次真的是把錢花在刀口上了。

櫻子的灑脫，也釋放了大家內心的壓力。

同樣的事情，不同的面對方式，就能有著完全不同的結果。

這 48 顆結石，不談遺傳，不談飲食，不談疾病，我們卻看到了人性熱情、互助、勇敢、凝聚的良善結晶，如同智慧般的舍利。

這樣的一切，我感恩。

幫助

什麼是幫助？
不是你很有能力，而是你願意。
不是你很厲害，而是你剛好可以。

　　琳兒今天無事自己窩在家裡看著已經下線了的電影《天下無賊》，這一年她的心靈經歷了暴風雨的洗禮，強忍著沒有掉下一滴眼淚，把所有的痛吞進肚子裡，不讓父母為自己而操心，每個人都應該對自己所選擇的路負全部責任才是。也許因為情緒低落，投入到電影情節很深，整個思緒都跟隨著高低起伏不斷的波動著。

　　火車上的明暗交錯著各種挑戰，善良與邪惡的鬥爭，如此激烈的畫面卻讓琳兒有一種似曾相識的感覺，隨著劇情的跌宕起伏，那場情景再現在她的腦海裡……

　　琳兒決定輟學後，買了一張硬座車票，上了一輛綠皮火車（現在高鐵只需要 30 分鐘即可到）需要坐一晚上的火車才可以到地區市。上車之後看到對面只有一個男人坐著，自己這一方居然沒有人心裡暗喜：「這樣一來比較舒服，不會被人擠了。」

　　很快就到了第一站，火車會在這一站停留五分鐘，琳兒起身準備出去透透氣，火車裡彌漫著濃濃的各種味道，實在讓她感覺不舒服。當她再次回到座位上的時候，只見對面男人已經不見了而是另外二個男人，自己座位旁邊坐著一個約莫二十多的女人，見到琳兒走向自己趕忙起身讓她進去，還一口：「一個妹妹回來啦！」琳兒被這突然冒出的人兒很是有防備心，這年頭騙子那麼

多，誰知道是不是合夥要騙什麼？為了不讓自己陷入危機，她一句不發的聽著他們的交流。

對面男人時不時的問著女人各種無語的問題，女人很無奈的一一回覆著，看似很淡然中透著淡淡的緊張，他們之間的關係是那麼的微妙，琳兒說不出來是什麼感覺，總覺得怪怪的。自己盡量避免和他們的交談，裝作若無其事的樣子望著窗外，豎著耳朵認真聽著他們的交談，不敢放過一絲的資訊，盡自己最大的能力分享著他們。

對話中琳兒知道他們並不認識，只是男人對女人似乎不依不饒的狀態，女人似乎有一種說不出的無助與擔憂。一路上他們在各種的聊著，男人不斷的確定下車後女人是否有人來接，若是沒有希望自己可以送她。這對話像極了像是男人追求女人的味道，小小的琳兒忽然對他們的交談完全沒有了任何的興趣。

身旁坐著幾個怪異的人，她一下都不敢打盹，大半夜的都瞪著大大的眼睛一直守到天亮，眼睛布滿了血絲，二隻像熊貓一樣黑眼圈掛在臉上。幾個小時的坐著，全身上下都僵硬了，幾個人看似都密達著眼睛，但明顯感覺到都沒有入睡的。琳兒起身準備去走走，這個氛圍給她巨大的壓力感。輕輕的拍了一下旁邊的女人：「我去上洗手間。」

「我也正好要去，一起吧！」聽到琳兒說話的女人立馬回應道，隨後就起身準備和琳兒一起了。

琳兒倒也沒回應，現在車上這麼多的人，她想也不會發生什麼事情，兩人一前一後的向火車連接處走去。就在琳兒正準備進廁所的剎那，女人擋住了她正準備關上的門，琳兒被這突然的舉

動嚇著了，本能的問：「你要幹嘛？」

「妹妹，請你幫我！我被他們跟上了。」她緊張的左右看了一下四周繼續道：「小妹妹，你讓我進去，我給你看一樣東西。」女人幾乎用哀求的語氣和凝重的神情，等待著琳兒的回覆。

「好吧！你進來吧！」琳兒可以感受到她的那種狀態不是偽裝出來的，思考了片刻，還是決定聽一聽她的說法。

「小妹妹，我叫阿梅，海市一家製藥廠的採購。」女人一邊自我介紹，一邊遞給了琳兒一張名片。這還是琳兒第一次接到別人的名片，琳兒接過名片仔細的研究了一番。

女人繼續說著：「我這次來主要是採購原材料，你知道你們這兒各種草藥非常多，價格也很合適。只是和農戶交易的時候只能用現金。」說著打開了自己手裡提著的大包包，琳兒被包裡一沓一沓的鈔票驚呆了，曾經家裡也經常放著一沓沓的錢，但自己還從沒見過這麼多沓的鈔票，驚得嘴巴張開半天沒有回過神兒來。

女人拍了一下琳兒的肩膀繼續說道：「對面的那二個男人肯定是有感覺我身上有可以做案的價值，所以一直希望可以送我。你知道的，你們這兒的火車站出現被搶的事件都是常用的事兒，但是即使這麼亂，從來不會搶當地的人。以前我也常來，只是沒有帶這麼多的現金。我現在很害怕一會兒到站後他們還會跟著我，姊姊希望你能幫我，可以嗎？」

被女人這一番話，琳兒都覺得全身起雞皮疙瘩，不由得跟著也緊張了起來，她沒太懂但也好像懂了，思緒在腦海裡瞬間纏成了一團亂麻，弱弱的聲音說：「可是我只是個孩子，我也沒法幫你啊！」她想這是最明確不過的現實了。

「你只需要跟他們用老家的話說說話就可以了，告訴他們一會兒有人會來接我們。」女人生怕琳兒拒絕自己，雙手放在琳兒的肩膀上，用祈求的眼神看著她。

琳兒此刻的思緒是亂的，她沒有任何思想準備，也沒有這樣的經歷，更不確定會被問到什麼樣的話，只是一切都是這樣的真實。離家求學前，媽媽一再強調她，不要和陌生人說話，可是現在這樣的狀況，媽媽應該會理解吧！她還是決定幫一下這位姊姊：「好吧！我盡力試試吧！」

「謝謝！謝謝你！真的太謝謝你啦！小妹妹！」女人像抓住了救命稻草般的激動，伸手準備擁抱琳兒，琳兒本能的向後退了一小步，原本狹小的空間顯得更加擁擠了，女人似乎意識到自己的行為過了，連連不斷的說：「對不起！我太激動了！」

琳兒跟著大姊姊身後回到座位上，很明顯男人又開始不依不饒的要求送她。大姊姊故意說：「妹妹，一會兒是不是家裡有人來接啊？」

「對啊！」琳兒回道，她斜過眼神看著對面的二個男人：「你們泡妹妹有點兒著急了吧？」

「呵呵！小妹妹終於說話啦！」男人聽到琳兒說話，先是很詫異，緊接著直接用家鄉話說，也想試試琳兒是不是真的當地人。「我還以為你不會說話呢！」

「太累了！不想參合你們大人的事情就不說話啦！」琳兒倒也不屑的和他爭論。

「哈哈！還挺有個性的。」男人對視一下笑了起來。「你家住哪兒呀？一會兒誰來接你啊？」男人似乎根本就沒打算就此放

過對面的女人。

「我家不在市區，不過市區親戚比較多，還有很多我爸爸的戰友，接我的當然是自家親人唄！我說了你也不認識。」琳兒真心不想理這對噁心的男人，望著窗外的風景，頭也沒回的回覆道。

「我在市區也很熟，你家親戚沒准我也認識，說說看，咱們也許都是親戚關係呢！」男人緊緊的揪著話題不放手。

「你是我親戚？我怎麼不知道？」琳兒瞬間覺得自己快要吐出來了，這麼噁心吧唧的話也能說出來也著實倒胃，幸好自己現在沒有吃東西。琳兒知道此刻她的回覆決定著他們繼續還是放棄，無奈繼續說道：「親戚太多啦！比如市藥監局的肖局肖叔叔，勞動局的董局董伯伯，其他我就不用多說了吧！更何況我爸爸參加過越戰，戰友在咱們市區好多呢！都是特別喜歡我的叔叔伯伯們。」琳兒一邊興奮的說著，一邊用餘光看著二個男人的表情變化，男人先前不屑的態度慢慢也軟了下來。

在當地他們團夥的確會有只搶外地來的人的不成文的規定，曾經聽聞從外地回來的當地人，顯擺著一口普通話就被誤認為是外地人遭到了搶劫。所以他們聽到琳兒當地這麼的熟悉，自然不想給自己找麻煩。其實琳兒也不是很熟悉，只是隨口說說而已。

接下來的場景似乎有了些尷尬，男人們不再不依不饒的問話了，四個人各自都在思考著自己的思緒，其中一個男人起身離開了座位半天不見回來，就這樣一路上完全靜語，琳兒和旁邊的大姊姊也沒有說一句話，她只是望著窗外的景色，暗暗的緩和著自己剛剛緊張的情緒。

綠皮的火車速度極慢，臨近到站時的速度就更慢了，緩緩的

滾動著進入了車站，對面留下來的男人一直閉著眼睛像是閉目養神，實則在觀察著對面的女人和琳兒。

「妹妹，馬上就要進站了哦！」大姊姊親切的看著琳兒說道。

「是啊！坐了一晚上的火車好累啊！」琳兒陪著大姊姊上演了親密姊妹深情。

下車後，琳兒帶著大姊姊迅速穿過人群，以最快的速度逃離他們的視線範圍，直奔站外馬路上走去。很幸運的，琳兒看到一輛計程車，趕緊招手示意司機過來，用家鄉話和司機說了大姊姊要到的目的地，並打開車門示意大姊姊上車，大姊姊擁抱著琳兒，在她耳邊輕聲的說：「妹妹，謝謝你！」

看著的士車消失在自己的視線裡，懸掛著的一顆心總算可以放下了。琳兒心想大姊姊此刻已經安全了，想著剛才發生的一幕幕場景，覺得自己特別了不起，心裡充滿了力量，開心的笑了。

琳兒不知道自己是有著《天下無賊》電影裡的傻根的純樸，還是王麗的善良多一些，雖然沒有電影情節中那麼的驚心動魄，這場列車上的經歷，卻給了小小的琳兒一場從未經歷過的考驗。

原來如此，助人並不困難，

當別人需要，我恰巧可以，

以善為基準，經過大腦的判斷，

給與適當的協助，免人於難，利人於美，

這都是助人。

助人為快樂之本，

快樂很簡單，只要你願意。

♜學力

> 能力來自學力，而不是學歷。
> 學歷重要的是經歷，而不是文憑。
> 證照提供的是假象，而非實力。
> 職場要的是戰力，
> 商場要的是吸引力、影響力、競爭力，
> 而不是那張紙。

　　幾年前和初中的同學聚會，十來個人圍繞著一桌，一晃眼十來年不曾相見，彼此之間卻依然可以如同學校時那般美好的交流，一切如同只發生在昨天，距離自己而非那麼的遙遠。

　　飯間一位同學不知是心血來潮，還是突然想得瑟一番，大聲的說：「我們這一桌同學裡，你看有二位已經是博士了，其他的都是碩士了吧？老蔣，你也已經是碩士了吧？」這話落在琳兒的耳朵裡顯得格外的刺耳，自尊心極強的她，此刻絕對受到了刺激。先前還和同學們聊聊天的她，在那一刻不太願意說話了。

　　回到北京的第一時間，琳兒在北京高等自考網站報了名，選擇專業的時候，琳兒幾乎隨意選擇了一個專業就開啟了自考之旅。這些年的自主經營公司練就了對自己極度的自信，她第一次報科目竟然選擇了五科。

　　平時工作特別的忙，報完名之後她幾乎就忘記了這檔子的事兒，每天忙碌於事業發展當中，但是她始終無法忘記自考的初心。就在臨近考試的最後一個月她選擇參加機構培訓，五科中的數學

實在是太難了，對於初中時期數學弱爆了的她來說，這簡直就比登天還難的一件事情，琳兒那份從不畏懼之心，藐視這一切的困難，只是丟給自己的內心一句：「事在人為！」就開始學習了。

成年以後的時間過得極快，就連專研巨難數學的時間也沒有因此而變得漫長。琳兒十分淡然的參加完一科科的考試，就把這事兒丟在一旁不再過問了，一直到一同學習的同學提醒自己可以查成績了，她才興奮又緊張的進到網站去查詢。打開成績單的瞬間，她是緊閉雙眼的，也不是緊張這個結果，而是覺得成績證明了自己的學習能力，待她睜開雙眼的時候，興奮的從椅子上跳了起來，居然五科全部通過，數學居然 61 分順利通過，最高分的一科竟然有 86 分，這是一份給予琳兒滿滿的成就感的答卷了。

有了上次的成績，緊接著的報考科目，她果斷的繼續選擇五科全報，然而老天總是喜歡把事情搞得複雜了些來考驗人們，報名後的她工作上的事情極多，一絲看書的時間都不能給予，眼看快要參加考試的時候琳兒想要放棄了，五本書壓根兒沒有碰過如何去參加考試呀！矛盾的心理來回的拉扯糾結著琳兒可憐的心，就在臨近考試的前三天，琳兒終於還是下定決心：絕不放棄！

三天的時間五本書，平日裡看書定是那種細細品味的模式，一本書都不一定能看完，又怎樣能夠看完五本呀？

琳兒只好選擇大致翻閱的模式，瞭解瞭解大的框架內容，也唯有這樣每本書都能大致知道有一些什麼樣的內容，就這樣進了考場，完全任憑著自己的直覺完成試卷的填寫，出了考場基本腦袋都是懵懵的狀態了，根本不記得自己如何答卷的。

再一次到成績單公布日，琳兒沒有第一次那麼緊張了，只是

她還是很好奇，如此的學習方法是否也可以得到驚人的結果呢？結果又是五科全過，這樣的結果她已經很滿意了。

　　二次的自考經歷結束後，琳兒就再也沒有報名考試了；身邊的朋友會為她感到遺憾：自考是一件極難的考試了，都已經過了10科了，怎麼不繼續把它考完了。參加考試對於她而言，為的是印證自己的學習能力，學歷對於她來說從來不曾覺得有用，自主創業多年的她，自己說的話比誰都好使，何須拿學歷去換取別人對自己的認同。

　　就像師父所說：「你唯有先做到，再說學歷無用，才有力道。」當一切經歷證明了自己的能力，琳兒早已對學歷失去了興趣，她可以把時間放在更有意義的事業當中去，也可以用在自己喜歡的事情上去，更是可以把精力放在學習有用知識的累積，卻是為何一定要浪費自己的時間放在學習一些毫無用處的理論知識，只是為了參加考試，拿學歷證書呢？

　　　人生無法重來，

　　　即使重來，老天應該依舊如此安排，

　　　看似遺憾，但我感恩。

　　　鍛鍊眾人無法想像的煎熬，

　　　才能翻越凡夫難以站立的巔峰。

　　　我可以，只是天地另有安排。

　　　我可以，只是我另有選擇。

　　　我不會，吃不到葡萄，說葡萄酸。

　　　因為我已經在吃櫻桃。

你辦事，我放心

專業，速度，執行力；
超越，品質，更亮麗。

　　來北京後的幾年時間裡，別人問她多大的時候，回答都是十八歲，以至於自己糊裡糊塗的已經過了十八歲的生日都不知道。

　　這一年的春天特別美，琳兒和朋友租了賣手機的朋友門店短的一面牆承接打字複印的業務，月租金以一千元達成，當時整租其實也就一千五百元左右，當時沒有資金的她們租這面牆是達成了月付租金，如此一來可以賺到錢以後再付租金。

　　打字速度極快並且沒有錯別字的琳兒，很短的時間裡就引來了許多的客戶願意來找她，附近二家的店子也就漸漸落後於她了。客戶經常把稿子交給琳兒便去對面小白羊超市購物，待到回來時就可以拿稿走人了。

　　遇到手寫稿的客人，琳兒依然可以根據前後的文字結合自己完善稿件內容；偶爾有文化水準不高經常錯別字的客人，她也主動的幫客戶修改，但從來不去跟客戶說；更是碰到整篇內容都無法通順的稿件，她無須等待客戶回來就已經按照自己的想法修改完畢；短短的時間裡，就累積了不少忠實的客戶。

　　那個時候會 Photoshop 的人不多，熟悉運用的人更是少數，一天一個新來的客戶拿來一個用 Photoshop 修改的檔來找琳兒複印，她一看就知道是修改了的，只是修改得在她看來太差的水準了，於是主動和客戶說：「我可以幫您把這個修改得更好的。」客戶

聽了琳兒所說欣然接受。

掃描、修改、列印，她只用了短短幾分鐘就搞定交給客戶驗收，客戶用驚呆的表情看了看文件，又看了看琳兒說：「我去之前那家公司做這個花了半天的時間，你這麼快就做完了？」他壓根兒不能相信。但看著這與之前差異，確信與之前的水準的差距：「多少錢一張？這水準，嘖嘖！以後就找你做了。」

「五十元一張。謝謝您！除了這個修圖，輸入稿件和排版，我也可以做到很好。下次您可以來試試。」從事銷售工作多年的她，便習慣的主動推銷起自己的業務了。

客戶居然真的從包裡拿出一沓資料交給了琳兒：「這是一份招標檔，順序已經排列好了的，中間有手寫稿，也有修改意見，每次去廣告公司都把我檔搞得一團亂，不知道你能做這個活兒嗎？不能搞亂了我的文件。」

琳兒毫不猶豫的給客戶肯定的答案，便接下了這個責任重大的工作。整整一大落的稿件，確實複雜了些，手寫稿的文字亂得根本沒法識認，專業的術語實在是太多了，很多她從來不曾接觸過，過程中她第一次需要電話諮詢著客戶一些專業詞語，還有一些專業的公式更是為難了她，硬著頭皮一個一個的和客戶請教，彷彿自己不能獨立的完成客戶交代任務，是一件莫大的恥辱。

經歷了三天的努力，琳兒將一份上百頁的資料整理得自己十分滿意交給了客戶，客戶接過已經是成品的檔，再一次被琳兒的能力驚到了，琳兒將一份特別滿意的答卷就這樣交接給客戶。

正是不怕困難的她，經歷了三天的奮鬥，對一些工程項目的招投標文件有了一次深刻的認知。也正是因為這一次的經歷，琳

兒自此以後多了許多工程的客戶，他們都特別放心的把工作交給琳兒來處理，因為這樣他們可以十分省心。

　　寫到這裡，我是感動的，
　　感動一切的歷練，感謝自己的態度，感恩有緣人的信任。
　　人無我有，人有我優，
　　你給了機會，我沒讓你後悔。
　　勇敢是機會的開始，
　　實力是勤練的累積，
　　珍惜是態度的呈現。
　　師父說的VCP：V是能見度，C是可信度，P是獲利率，
　　原來在那時我已經做到了。
　　師父說的「感動服務」，
　　原來就是我真正成就的關鍵，
　　感動了客户，感動了自己，
　　感動過去，感動現在，感動未來，
　　恒久持續。
　　我就是品牌，我就是口碑，
　　我辦事，你放心，保證超越你預期。
　　我只想說：謝謝你！

▐ 借來的

有形的一切都不是自己的，
都是借來的，更要珍惜。

「喂，我剛剛起來了一下，根本沒有辦法起來。今天去不
了上班了，開會也沒法去啦！」佳寶脆弱的快要窒息了似的發
出聲音。

「那你今天別去上班了，一會兒打完卡，我就過去找你，你
得去醫院。」琳兒聽到那聲音，原本還很淡然的心瞬間就被影響
到了，根本無法淡定的狀態了。

週一的路上一向都是巨堵的，好不容易到了樓下，飛奔上去
打完卡就準備去佳寶家裡。就在這時收到了她的微信：「我老公
上午帶我去醫院，你別來了，到時候傳染給你就不好了。」

琳兒還是不能放心傳過微信：「真的去醫院？他陪你一起去
是嗎？不是你自己吧？」

確定好佳寶真的準備去醫院看醫生之後，琳兒心裡踏實了許
多。前天還好好的，昨晚突然上吐下瀉的，臨時讓琳兒替換了微
課的主持工作，原本以為吃壞了什麼東西，今天應該已經好了吧，
誰知道更嚴重了，琳兒懷疑應該是急性腸胃炎之類的。她是那麼
的希望自己可以為佳寶做些什麼，因為這種痛她親身經歷過……

幾年前，琳兒一直忙於奔波在全國各地，經常來回出差是常
有的事情，那一次她才剛剛到了常去的長沙市出差，每次去那兒
她都是比較鍾愛一家酒店，所以也成了酒店的常住客戶。

下午琳兒進了房間就開始昏睡狀態，她撥通電話讓酒店的服務人員去藥店買了感冒藥，她想著吃一些藥，明天早上就好了。

但是這種狀態卻一直到了深夜，她都無法起床。頭痛得很厲害，開始發燒。她以為自己感冒了，就這樣硬挺著，身體虛弱無力，根本沒有辦法起床去醫院，而且那已經是深夜了。時間一點一點過去，琳兒整個頭部感覺都無法離開枕頭，稍稍想換一下姿勢，都會覺得天昏地暗了，她特別努力的想要讓自己保持著清醒，卻無法改變任何症狀。

到了下半夜的時候上吐下瀉開始持續了，帶著沉重而頭暈目眩的腦袋，來回折騰於床與衛生間之間，她都已經不記得自己每一次的挪動究竟是如何進行的，那麼短的距離對那時候的她卻覺得好遠好遠……

房間裡拉著窗簾，琳兒躺在床上，屋子裡黑黑的，也許因為折騰了一夜，到處都彌漫了難聞的異味。她都已經不知道此刻究竟是什麼時間？自己究竟昏睡了多久？多少次？就那樣靜靜的躺在床上，那一刻琳兒想：「我不會就這樣死在這裡吧！這樣豈不是連知道我的人，都得等屍體腐爛發臭才可能被發現呀？」

整個身體除了腦袋可以去思考以外，她感覺自己軀體的其他部位沒有一個地方能夠聽自己的了，完全失去了任何可以實施的可能性。在那一刻，她多麼希望可以有一個陪在自己的身旁，可以讓她覺得自己還可以活下去。

「您好！服務員，請問有人嗎？」屋外的服務人員在敲著門。

琳兒很想告訴外面有人，可是任她怎麼發出聲音，都是那麼的弱小，外面根本沒有辦法可以聽見，就這樣，外面的人害怕打

擾客人便走了。

漸漸的，她又進入了昏迷狀態，也許是病痛折磨的，也許是餓的，她已經感覺不到自己的身體的存在，迷迷糊糊的狀態躺在床上一動不動。

「您好！服務員，請問有人嗎？您好，蕭小姐，請問您在裡面嗎？我刷卡進來了。」屋外又響起了服務人員敲門聲。

在屋內的琳兒已經沒有了任何力氣回覆，門被打開了，進了一個熟悉琳兒的服務員，這一層是會員層，這位服務員每次都是特別熱情的和琳兒打招呼，所以印象尤為深刻。

「蕭小姐，屋子裡怎麼這麼味兒呀？您怎麼啦？」服務員進門之後被眼前這一幕驚到了。曾經一向十分重視自己形象的客戶此刻這般模樣出現在自己的眼前。連忙去把窗簾拉開，讓陽光照亮整個屋子。

琳兒虛弱到了極限，根本沒有辦法回覆對方的問題，還好服務員特別的懂照顧人，先去倒了一杯溫開水，扶著琳兒起來喝下。又去打來一碗粥餵琳兒喝下，讓她躺著休息了一下，才算稍稍緩了過來。

服務員便開始忙著收拾屋子的衛生，一邊還幫著琳兒把衣服都洗了一遍，她一邊洗一邊說：「您一直習慣不希望別人打擾，每次看到您掛了『打掃衛生』牌子才好進來，今天我一看您都已經三天了，還掛著『請勿打擾』的牌子，就想著進來幫您打掃一下，怕時間長了有垃圾沒有處理，沒想到你居然是病了。」

「您看要不要去醫院呀？您都這樣了，還是去醫院比較好一些。出差在外地，自己一個女孩子也真是不容易。需要我陪你去

醫院嗎？」服務員特別熱情的關心著琳兒。

「謝謝您！我沒事！不用去醫院，我妹妹明天就來了。辛苦您了！」琳兒此刻已經可以輕輕的說出話來了，她還是沒有可以去醫院的力氣。

「那好吧！有需要您就打前臺電話，我過一會兒再來給您倒水。」服務員做事特別麻利，很快就收拾乾淨了。屋裡也就整潔舒適了許多。

琳兒慢慢的起床，坐到窗戶邊上的沙發上，望著外面頭頂藍藍的天空和腳下路上匆忙的行人，這一刻她覺得自己能活著真好。那份痛苦被深深的印在了腦海裡，讓她開始懂得珍惜自己的身體。

身體是向宇宙借來的，用壞了，零件不好找，

找到了，不一定合用，因此一定要好好珍惜。

我們很多目標與使命都得靠這身體去完成，沒了身體，心無所聚，靈無所附。

維持自己的身心在最佳狀態，免得突如其來的外力與病菌迫害，這是我們的責任。

病向淺中醫，切莫忽略小毛病，而衍生成不可逆的狀態。

危急存亡之時，我們可以耗盡潛能只為活著。

平日之時，切莫過度耗費來日的能量。

養生之道，不是「知道」，而是「做到」。

擁有了壽命，卻苟延殘喘，與死何異。

沒了性命，卻胸懷大志，誰會理你。

☷ 無常

無常就是沒有恆常，

無常就是沒有不變，

當一切已然失控，你是否還能自在？

「空中飛人」以前是琳兒最羨慕的生活，她多麼希望自己可以和其他朋友一起乘坐飛機全國四處飛，那感覺應該是特別美好的事情。

當自己真的成為空中飛人的時候，才深刻體會到這是一種什麼樣的滋味。每次遇到亂流飛機在空中顛簸的時候、飛機被迫下降的時候、閃電從你身邊經過的時候、飛機瞬間失重的時候……，那一刻說實話真的不舒服。

這一天琳兒又開啟了空中飛人的行程，近日來天氣一直都不好，原本每次上飛機就開始全身不舒服的狀態，加上顛簸就更不自在了。

琳兒坐好後閉上雙眼，盡可能的讓自己變得適應這種不適的感覺，飛機的顛簸對於琳兒來說，如同越野車行駛在山區的道路上一般，完全已經習慣了，只是顛得讓人難受了些。突然間，飛機失重了，瞬間有了巨大的顛簸狀態在持續，那一刻琳兒也緊張了起來，不知道發生了什麼事兒。飛機裡已經有小孩的哭聲，緊接著聽到了有些大人們的質問聲。琳兒一直沒有說話，手心裡已經全部是冷汗了，乘務員盡量安撫著嚷嚷的乘客。

琳兒還是第一次遇到這樣嚴重的亂流，除了第一次乘坐飛機

時手心冒過汗以外，自己還從來沒有緊張過，這次的波動幅度真的也嚇著她了。她盡量讓自己淡定，心裡不斷的給自己打氣，一定不會有事兒的！一定不會有事兒的。

這一刻，琳兒忽然想起了什麼？

「假如自己這次真的就這樣離開了，我的家人該怎麼辦呢？他們會怎樣？」

這個問題像炸彈一樣爆炸了，很快便陷入了沉思當中去。

「我的父親，一個經歷了戰場、商場、生活洗禮的老人，如今的他已經沒有任何可以去賺錢養家的能力了，僅憑體力的工作又能怎麼保證家庭開支呢？而且身體也不是那麼好，折騰最後錢沒有賺到，生病了怎麼呢？想到這兒，我心疼極了我最尊敬的父親，那麼的不希望他那樣子。」

「我的母親，一生都在為我們姊妹付出，陪著父親也是經歷了很多很多的風風雨雨，依然對父親，對我們這個家庭不離不棄，好不容易到了可以開始享福了，卻在一張化驗單的到來，尿毒症晚期，破碎了一切夢想，如今的她需要大量的資金來說明媽媽去戰勝病魔，獲取更長的生命。我無法想像沒有了我，她拿什麼去延續自己的生命。」

「我的小妹，這個從一出生就如同當作自己的閨女一樣的小妹，從小到大都是被我照顧撫養，年邁的父母親已經無法承擔了，如今的她還那麼小，她還希望自己將來可以念大學的時候學文學，可是如果沒有了我，她還有機會可以去圓自己的夢想嗎？我真的不敢想像。」

「我的兒子，我最對不住的孩子，也是自己的心頭肉，每一

個母親都會願意給自己孩子一切最好的，我也是一樣，在他的生命中，我是他的唯一，在我的生命中，他是我的希望，那麼希望可以陪著他成長，可以看著他幸福。假如我沒有了，我的孩子原本缺失的愛，還能否堅強勇敢的面對一切呢？我輟學過，我的孩子我一定不能讓他重走我的路了呀。」

想著想著琳兒居然流淚了，她真的不希望這些事情發生，一定不要讓這種事情發生。

可是，世間萬物皆有可能發生，誰又能決定一切呢？是啊……琳兒再一次的陷入了沉思，她已經完全忽略了飛機此刻還在顛簸狀態，因為此刻的她發現了自己一個巨大的風險就這樣赤裸裸的呈現在自己的眼前，曾經她那麼的不以為然，曾經她覺得一切離自己是那麼的遠，這一刻的她卻覺醒了：「在風險來臨時，我已經安排好了一切，我可以從容的面對，才是最佳狀態。」

飛機經歷了二個半小時的持續顛簸後，最終還好順利的度過了危險期，降落到了陸地上，那一刻，飛機上的所有乘客的心終於放下來了。

琳兒下飛機後的第一件事情就給一個朋友介紹的保險代理人打去電話，說明自己的要求和見面地址，便直接打車過去了。

就在琳兒看到保險代理人遞過來一張白紙手寫的計畫書時，這一刻她知道這個保險代理人所寫的數字只能是僅供參考而已，雖然她極不喜歡她如此不專業的行為，但是那一刻琳兒太需要讓自己安心，看了是自己要求的額度，就簽了字。並在保單的受益人分配一欄完全按照自己的想法清楚的註明好了。

第二天便進行了各種體檢，琳兒覺得自己還很年輕，體檢肯

定沒有任何的問題，然而，體檢結果出來的時候，因為長期在北京呼吸霧霾的原因，由於咽炎嗓子居然被除外了。好吧！這已經算是小事兒了，沒被拒保就好。

就在琳兒收到了保險扣款成功的短信的那一刻，她的心才算真正的踏實了。

自在是一種萬無一失的準備，

自在是那麼不容易的境界。

不是口說「不執著」，糾結盤根錯。

不是口念「觀自在」，全身直哆嗦。

在責任未了的時刻，

無常無預警的來到，

你若無所謂，那不是自在，

而是沒有責任感的狀態。

責任是債，以債養債，何來自在？

給責任一種踏實的安然，

給愛一種順應萬變的從容，

即使我不在，愛依舊在。

▓ 生命無法彩排，只能早點安排

生命中的變數太多，
在易經的概念為「變易」，
這是無常。
但生命的會結束，
那是必然，稱為「不易」。
提早安排的習慣是智能，
未雨綢繆是「簡易」。

　　2014 年真是一個不太平靜的年度，馬航 MH370 航班失聯事件的發生，昆明火車站恐怖襲擊事件的影響，北京拆遷補償後的各種官司連連。這一年貌似不是那麼太平的一年，雖然這些事情離我們很遠很遠，但卻是依然引起了人們的關注和反思，因為離身邊的人卻是那麼的近。隨時問一問總能找到某個朋友的朋友就是在事件的發生時，沒能逃出這一劫。

　　因為有了馬航客機失聯事件，琳兒乘坐飛機時的心情也隨之產生了強烈的恐懼之心，每每要出差飛行的時候，總是感覺自己就是最後一次的感覺。有時候琳兒笑笑自己說：「都說把每一天當作最後一天來對待，那麼一定會十分的珍惜。」確實，當自己把每一次飛行都當作最後一次來看待的時候，誰又知道自己是多麼的珍惜每一次平安落地的那份欣喜之情。再一次面對親朋好友的時候，一切都顯得那麼的珍貴。

　　每當看到採訪那些失去親人的當事人時，琳兒都跟著感受著

她們的痛，親人們連隻字片語都沒能留下來，這種感覺會讓親人們是多麼的殘忍，世界上最痛苦的別離，莫過於沒有離別的機會。

我們生活在這個世界裡，自然需要嚮往美好的願望，也時常拒絕著不好的事情，然而即使我們拒絕去談，卻依然無法改變事件的發生，在那一刻我們顯得那麼的蒼白無力，那麼的無助絕望！

琳兒問自己：「我做好準備了嗎？」

是的，琳兒做好了防範風險的準備。只是風險突然來臨之際，沒有機會道別所給家人帶來的傷害，高額的保險金如同拆遷補償款一樣，毀滅著一個個的家庭和孩子，一切並非如自己所願在進行，心理傷害過後的金錢傷害，相信絕非是一件好事兒。想到這裡，也許很多人會覺得琳兒想多了，也許會覺得兒孫自有兒孫福，毋需想那麼多，她也不清楚自己這樣的想法對不對，但既然身為家庭的頂樑柱，琳兒確實很有必要將事情安排好。因為家裡沒有她比沒有任何人都要重要，更何況希望一個都不能少。

生命無法彩排，只能早點安排。

無常何時到來，我們不得而知，但我們卻不能忽略一切的可能，自我感覺良好若是自我安慰的療癒，無傷大雅，但一切的發生可是無法一廂情願。

災禍沒人期待，愛沒人不愛，

愛你所愛，不讓災禍來，那是鴕鳥般的思維掩埋。

愛，存在，也怕傷害。

愛不是口號甜蜜的催眠，

而是即使無常來，愛也能夠有效的存在。

PART3

蛻變的月亮就是太陽

月不是自己發的光

而是太陽之亮潤己表象

夜裡綻放

那是傳遞愛的分享

快樂是來自宇宙的正能量

天使是忘我助人的天地使命之傳承

合天地之意即是蛻變的自然

帶給茫然者希望　翻轉無常

此刻的月亮等同太陽

🏰 五歲上小學

我不是天才兒童，但我發現了我的與眾不同。

幼稚園大班畢業後的琳兒就該進入學前班了，新的一學期就要開始了，媽媽一早叫醒她起床，開始給她紮辮子，從小到大媽媽每天早上起來第一件事情就是給琳兒紮各種造型的辮子，貪睡的琳兒只能忍受著還沒蘇醒狀態下，被媽媽拉著紮辮子過程，每次辮子還沒紮完，她已經再一次進入了夢鄉……

從小到大媽媽一直陪伴著琳兒成長，她特別羨慕別的小朋友可以放學出去和其他小朋友一起玩，媽媽上課下課都是按時接送她，從來不遲到。到家是絕對不允許出門的，所以她沒有一點兒機會可以有機會去玩，每次琳兒都只能趴在窗戶上看著外面的小朋友一起玩耍，心裡別提有多羨慕呀！

一路上，琳兒還沉醉在自己的美夢中，迷迷糊糊中聽到了好熱鬧的嬉鬧聲，睜開眼睛看了看就快要到的學校，她突然大哭了起來。媽媽被她這突如而來的哭叫聲嚇著了，急忙看看她身上四處尋找傷口，找遍了還是沒能找到有受傷。媽媽有些生氣了看著琳兒，任由她哭下去。

小時候的她最喜歡的事兒就是哭，媽媽被她折磨得也真是夠嗆，習慣了她習性的媽媽選擇不理會的措施針對琳兒。

琳兒一看哭了半天媽媽都不說話，哭著哭著也就不哭了，而是大聲的嚷嚷：「我不要上幼稚園，我要上一年級！」

媽媽搖搖腦袋，她已經徹底被這個閨女征服了，無語的看著

琳兒說：「你不知道自己還沒到年齡啊？還差二歲呢！最快明年給你上。」

　　琳兒此刻那肯同意，不依不饒的哭喊著：「我不要上幼稚園了，我要和她們一樣上一年級。」她一邊指著路過的小學生說：「我要和她們一樣背大書包，我要去隔壁上學。」

　　媽媽看著熟人從面前經過都顯得好不自然的狀態，路過的人都在回頭望向琳兒和媽媽。而她閉著眼睛根本不管旁邊發生了什麼，她就知道自己就是要上一年級。

　　媽媽只好投降認輸，哄著琳兒說：「那你先別哭，我們今天先回去，媽媽得給你找人進小學，你的年齡還差二歲，正常是上不了的。所以你現在別哭了好嗎？」

　　琳兒一聽媽媽同意讓自己上小學，哭聲立馬就停下來了。擦乾眼淚問媽媽：「真的嗎？拉鉤，開心的和媽媽拉勾上吊一百年不許變。」

　　第二天，琳兒如願以償的背上了大書包上小學去了，心情開心極了，一路哼著小曲兒，媽媽無奈的看著這個讓她接近無語的閨女幸福的笑了，幸好昨天找了熟人還很順利就進去了。不然今天不知道怎麼應對這個小祖宗。

　　到學校裡媽媽和班主任說話，讓琳兒自己先去教室等著。調皮的琳兒偷偷的躲在牆柱後等著嚇媽媽，不小心聽到了媽媽和老師的對話。

　　媽媽說：「真是太謝謝你了！這孩子非要上一年級，先讓她上著明年再降一級吧！」

　　老師說：「沒事，班裡正好還有名額。」

琳兒好傷心，一整天都心情不好，晚上終於還是沒忍住哭了起來。媽媽都不知道什麼情況，而她只是哭也不說話，一直到哭累了睡著了……

　　期末考試結束了，琳兒雖然沒有考雙百分，但是也有 98 分，老師拿到成績單的時候，和媽媽說：「你還是讓孩子繼續上吧！畢竟女孩子降級總是不好的。」就這樣，她正式成為了一名小學生。

　　我想，這是一種急著長大的節奏。

　　這是一種超越自己的渴望，原來我的好勝心早在幼稚園時就已成型。

　　在現有的框架中，我總有一種被束縛的感覺，也因為急於想要穿越周邊的城牆，於是永遠是主動尋求突破的第一個。

　　父母總想著該給孩子什麼，但孩子卻也有著自己的想法，沒有一個父母可以真正陪到老死，最後依舊必須放手。那何不用引導的模式，替代命令的思維，反而能夠擁有更多超乎預期的結果。

　　五歲上小學，我不是天才兒童，

　　但我發現了我的與眾不同。

🏰蝸牛說：媽媽別急，我的家，我正扛著

　　小鹿，一個帥氣十足的小男生，自小喜歡美術、養魚、釣魚基本都是安靜的活動，每次這類活動從早到晚可以持續 N 天都是沒有任何問題的。唯一的缺點就是慢，做什麼事都慢悠悠的，不著急的。為此琳兒不少操心呀！

　　那一年的最後一次測試考試，數學老師把琳兒叫到辦公室，老師挺著大肚子站在辦公室中央，小鹿進去後一直低著頭不語，李老師嗓門不輕的開始了對小鹿的各種批評：「你家孩子怎麼教都教不會，總是比別人慢半拍，你當家長的應該多教教孩子！」還沒等琳兒接話，又進來一個家長，數學老師又是一頓數落。

　　琳兒打斷了老師的話：「李老師，您這兒今天也挺忙的，不然改天我再來，我已經存了您的電話了。」琳兒說完道別老師就走了。

　　一路上，小鹿心裡緊張得不敢大聲喘氣，慢慢的跟在後面，生怕引起注意。只是琳兒一直也沒有說一句話，路上她不想讓小鹿心裡太過緊張，便提出去外面吃飯，小鹿倒有些摸不著頭腦了，越是看著媽媽的反常，他不敢說去也不敢說不去了。看著小鹿這般模樣，琳兒既好氣又好笑。

　　那天後，琳兒沒有再提過這個事情，她不是不處理，對於小鹿她一直都是十分尊重孩子，老師的行為觸碰了她的底線，她不希望小鹿繼續在那樣一個環境下學習成長。便開始不斷的尋找著學校，公立學校都會有各種要求，目標就鎖定為私立的國際學校。

　　新學校新的環境新的開始，班裡 11 人的小班氛圍倒也適合小

鹿，從一個原來在班裡形同空氣，到後來的點滴變化，小鹿的自信日益增長，讓琳兒倍感欣慰。

　　英語課的喜歡程度顯著提高，數學課的作業總能按時完成，而閱讀課的認真閱讀的習慣培養。此外他還主動要求進入校鼓樂隊，並主動選擇了學校街舞團，主動提出要去小小主持人，對足球的喜好增加、參加學校活動的表演……，這些變化都在悄然發生著改變，琳兒看著這些點滴的進步倍感珍惜。

　　「媽，我覺得自己愛上了音樂。」小鹿興奮的回來就開始展示著。

　　「哦！為什麼呢？」琳兒故意問道。

　　「我突然發現我很有音樂細胞。」小鹿自豪的說。

　　「呵呵！那然後呢？」琳兒問。

　　「我們學校牟老師吉他教得特別好，我可不可以學？」小鹿朝著琳兒笑笑。

　　「學校不是自己可以選專業嗎？你自己決定就好了。」琳兒一向把選擇權交給小鹿自己決定的。

　　「我的專業已經報滿了，這個學習是單收費的。」小鹿趕忙解釋道。

　　「哦！這樣啊！媽媽還是尊重你自己的決定，所以你如果真的非常喜歡，那你就報。」琳兒看著一本正經的小鹿說。

　　「不過……媽媽，這樣一來，我還需要一把吉他，你得幫我買一把。」小鹿說。

　　小鹿也開始變得越來越活潑開朗起來，曾經的自信滿滿找回了。巨大的變化讓琳兒覺得自己的選擇是多麼明智的一件事情，

否則孩子的自信自尊就被完全扼殺在搖籃裡了。

讓琳兒感動得一塌糊塗的,是暑假期間小鹿參加完高老師的夏令營結營典禮上,小鹿的再一次蛻變真正的震撼了琳兒的心。

如果說戰爭影片的抗日劇配音的表演讓琳兒感受到了小鹿的漢子氣概的模樣;那麼演講的一首「我是一隻蝸牛」,便是小鹿柔軟心靈深處對琳兒的最真實的表達;從小到大他像一隻蝸牛一樣慢悠悠地說成長,而琳兒卻總是著急著催促蝸牛快快走,那一刻她流淚了,那是一份內疚的傷感,也是一份感動的淚水。最後的總結拉票演講帶給琳兒更多的是震撼,完全沒有紙稿的準備,小鹿卻可以在舞臺上思路清晰流暢的總結自己一週以來的學習感受和變化,彷彿在那一刻,琳兒看到了她的蝸牛的未來,堅信她的蝸牛一定會有一片屬於自己的精彩人生。

這世界總是如此,皇帝不急,急死太監。

有時我們以為旁觀者清,實際上很多狀況,當事人心知肚明。

躁進易壞事,急性易亂事。

積極而不急,卻也才能做大事。

我向師父說了孩子的狀況,師父卻說:「很好,大將之才。」

雖然丈二金剛摸不著頭,卻也因此釋懷。

師父說:

孩子能用恰當比喻,在恰當的場合、恰當的時機,讓你知道他內心的深處。可見其觀察之細膩,性情之沉穩,表達之貼切,影響之深層,智慧之潛藏。

無恃敵不來,正恃早已待。

孩子在學習著「學習的願意與生存的意義」，這不能只看現況的狀態。

　　孩子與我有緣，我收他為徒，以後你會明白。

　　他流淌著你的血液，蔓延著你的 DNA，但他看懂了媽媽的辛苦，正醞釀著幾年後的爆發力，不要急，他其實很努力。

　　他放棄了叛逆時期的紛擾，放棄了年輕人的狂躁，選擇了踏實沉穩的個性，因為他要保護他最愛的媽媽。

　　蝸牛之所以緩慢，因為這個家，他正練習扛著。

蝸牛穿上直排輪了

「媽，你幫我買一本書可以嗎？」新的學期已經開始了，琳兒前幾天一直在忙工作，小鹿今天剛剛放學回家，知道媽媽在家，書包還沒有放下就直奔媽媽的房間了。

「可以呀！你想要買什麼書呢？」琳兒被這突然來的主動給驚呆著了，依然還是溫和的問。

「媽，你幫我買一本《弟子規》，要買有解釋的那一種。媽，你再幫我買一本《駱駝祥子》吧！我今天重新把《海底二萬里》看了一遍，我發現看書很有意思，我看過的書都數得清，媽媽看了那麼多的書，所以我也要開始看書了。」小鹿一臉真誠的和媽媽一起邊選書邊念叨著，算是表達自己讀書的感受，亦是對媽媽的一種承諾。

「哇塞！我的寶貝這是智慧開啟了呀！媽媽終於等到了小鹿的學習模式的開動啦！」琳兒被這份承諾感動的一塌糊塗，緊緊的抱著小鹿親了一下。「媽媽好感動！終於等到我的蝸牛開始向前奔跑了呀！」

「媽媽，我現在在學校裡有閒置時間我就看書，他們在旁邊聊遊戲，我都不讓他們打擾我，只是數學還是有一些困難，媽，你再幫我買一本數學練習冊吧！姨媽說，每一章學完之後我可以多做練習題就能理解的更好了。」小鹿心情看上去很愉悅的樣子，開心的和媽媽分享著。

「那這個數學練習冊你自己選擇一下吧！」琳兒把手機遞給小鹿。

「好！媽，《輕巧奪冠優化訓練冊》，就這本吧！」小鹿瀏覽了一遍後，大概被奪冠吸引了眼球，很快速的做出了決定。

「好了！所有的訂單都搞定了哦！你就慢慢期待吧！應該很快就可以收到了！」琳兒望著她的蝸牛，心裡暖暖的幸福感爆棚了。

「媽媽，你的自傳怎麼能寫出來的？」小鹿今天顯得格外的興奮，話題不斷的感覺，每次到媽媽房間裡，總是會有許多他想要問的話題。

「媽媽小時候語文都不好，但是你從小到大都有看到媽媽看書可是從來沒有間斷過的呀！再有就是最寶貴的人生經歷啊！每一個人在成長的過程中都會遇到許多許多的事情，這些經歷都是十分珍貴的，所以自然就可以寫出來了呀！」琳兒看著小鹿這麼認真的樣子，簡單的給他講解，也許他還小不能領會，也許他已經長大可以理解。

「哦！那就是要多看書，媽媽你再幫我買幾本作文書好嗎？」小鹿的眼光都發亮了，他多麼期望可以和媽媽一樣，可以寫東西的欲望油然而生。

「你看，這本《讀者文摘》，還有這本……，這些都是媽媽去年就給你買了呀！只是那個時候我們的小蝸牛還沒有開啟智慧之門來學習哦！」琳兒掃了一下書架上的書籍，很快看到了屬於小鹿書籍的區域，找出來作文書遞給小鹿。

「哦？是哦！我那會兒不喜歡看書呢？謝謝媽媽！」小鹿有些不好意思的笑了笑。「媽媽，你的自傳什麼時候出書呀？我都好期待的！上次你給我念的蝸牛，寫得真好！」

「媽媽正在努力的寫呀！還要寫 100 篇文章呀！媽媽除了工作之外，也是需要看很多的書，來提高自己的寫作水準呀！所以媽媽很高興你也加入了和媽媽一起看書的行列來哦！這樣我們就是前進的戰友啦！」琳兒已經無法掩飾自己雀躍的心情了，這是一個多麼令人感動的時刻。

「100 篇！這麼多？讓我寫一篇都覺得吃力，我還是看過的書太少了！所以我才會寫不出來東西，希望可以像媽媽一樣。媽媽，你那個歌詞會放進書裡嗎？放在前面還是後面呢？我覺得還是應該放在前面比較好。」小鹿被 100 的數字驚著了。

「為什麼？說說看，你為什麼會覺得放在前面比較好呢？」小鹿今天的話題似乎都圍繞著書籍，這讓琳兒有些吃驚，同時她非常好奇小鹿是怎麼分析的結論。

「我也不知道，只是這麼覺得，不要問我啦！這個事情應該去問問師父，他應該可以給出一個好的建議。」小鹿今天表達的內容和交流的話題已經非常多了，面對這個感覺判斷出的結論，不知道該怎樣和媽媽去解釋，選擇了推薦師父來選擇。

蝸牛的改變，是驚喜亦是意料之中，寒假期間，琳兒自己的變化影響了小鹿，再有琳兒對他的點滴引導讓小鹿主動的開始思考，足夠的主控權和選擇權交由他自己去決斷。終於，思考清楚的小鹿懂了，知道自己要的是什麼？知道自己應該怎麼做？相信自己一定可以做到！琳兒的蝸牛具備著自己的那份掘地而起的品質，她開心的笑了！這份變化讓琳兒此時此刻的心滿滿的都是幸福感，蝸牛的媽媽溫暖極了！

言教不如身教，命令不如引導，管理不如領導，叫他做不如帶頭做，事實勝於雄辯，這些耳熟能詳的語句在此刻對我而言，已經不再是遙遙無期的口號。

這份感動，無法形容，原來師父所言都是真的，原來一切比我想像的還來得快。

牽一髮能動全身，轉一念可覆乾坤，

一將起身斬敵項，萬軍群起耀猛魂。

師父說：

沒有大方向，就會有很多小問題。

沒有大格局，就會有更多小框架，阻礙前行。

目標確認後，就是執行。

路途中必有變數，見招拆招，

遇魔斬魔，不必設定。

師父的字字句句，我確實的履行著。這一切，孩子都看在眼裡，我迅速的轉變著，孩子自然也在漩渦中感受著。

我越來越能感受到師父所言的「速度」之影響力。

師父才說完沒幾天，說著蝸牛正在醞釀幾年後的爆發力。

言猶在耳，沒想到，蝸牛竟然也開始「把一天當一年在運用」。彷若將細軟的肉足穿上了特製的直排輪，瞬然前行。

▚ 貴人的出現

　　貴人出現前，有時總會有點「驚喜」。
　　但我們常常用憤怒把驚喜給趕走了！

　　還在睡夢中的琳兒被鬧鐘驚醒，整理資料到凌晨三點鐘才睡的她，拖著疲憊的身體站起來，習慣性拿起手機掃了一眼，看到時間已經五點半了，睡意瞬間全無了，快速結束洗漱準備出門，手機收到一條短信：「我不能去接你了，你再想辦法吧！」看完短信琳兒簡直肺要被氣炸了的節奏。

　　看了一下時間，2月23日，今天應該是一個遇貴人相助的日子呀？看起來怎麼不太符合推算呢？琳兒笑了笑說：「大概貴人來臨前先給我一個考驗吧！」想到這裡，她坦然的接受了這個「意外」，淡定的拖著行李箱往公車站牌那邊走去。

　　非常幸運的上了一輛拼車可以搭到國貿，車上司機大叔聽到琳兒被滴滴司機放鴿子的「意外」，都替她感到氣憤，一定要琳兒投訴那位司機。琳兒看著大叔為自己出氣的樣子，都已經覺得自己是這麼的幸運，又怎麼會再想去責備那位滴滴司機呢？她說：「謝謝您大叔，特別感謝你為我抱不平，不過我想大概這位司機真的臨時有事兒，所以才不能來接我吧！大家都挺不容易的，我看還是算了吧！你覺得呢？」

　　大叔聽完琳兒的話，大概覺得也比較認同，還是同意了她的建議，決定不再追究滴滴司機的責任了。大叔關心的問她：「國貿那兒也不好搭車，離你去的地方還很遠，姑娘，你坐好了，我

送你過去啊！一定不讓你遲到。」

　　琳兒都懷疑自己的耳朵，這是真的嗎？還是不能相信大叔和自己的路線完全不同，有些不敢確定的問：「大叔，您不會因為這樣而遲到吧？」

　　「沒事的，姑娘，我上班時間我自己說了算，你不是去講課嗎？怎麼可以遲到？不用擔心，我一定提前把你送到，你就踏實的坐好了。」大叔一口的東北口音好認真的對琳兒說。

　　「真的太謝謝您了！看起來我真的不會遲到啦！真好呀！」琳兒開心極了！心想今天果然是「223 ＝ 7」貴人相助哦！這樣的日子她怎麼會不開心呢！應該感謝那位放鴿子的滴滴司機呀！

　　大叔車速非常快，八點前就把琳兒送到了大廈樓下，下車時琳兒問多少錢？大叔竟然幽默的說：「不用啦姑娘，你趕緊上去吧！祝你今天一切順利！再見！」說完就開車走了！只留下琳兒錯愕的表情站在那兒！片刻會意後傻傻的笑了。

　　課程開講前，琳兒把這段幸運的故事分享給了自己的「戰友們」。轉念一瞬間帶給你不同的體驗和感悟，生活中難免遇到許多困難，當我們可以接受並改變自己的心態面對，一切將會變得更加美好。

　　沒有誰能壯大到，永遠不需要幫助。
　　也沒有誰能幸運到，凡事都能隨心所欲。
　　我們總會有不是那麼令人喜悅的事情發生，
　　但我們卻能用平靜的心態面對這一切，
　　已經發生的結果不能變，但迎接的心境卻是可以掌握的選擇。

「福無雙至，禍不單行。」這句話大家耳熟能詳，但知道原因嗎？

福至之時，常常會得意忘形，於是樂極生悲。

禍患來時，常會抱怨連連，於是老天以為你喜歡，所以繼續發生。

於是，在師父的引導中，我已慢慢不覺的養成了正面的思維、中庸的態度。

難過一下子，開心一點點，感恩卻無限。

師父說：

驚喜來臨前，總會有考驗。

先驚訝，後喜悅，故稱驚喜。

壞心情，必然帶來壞事情。

好心情，必然迎來好事情。

心情不是自然，而是選擇。

心情不是隨緣，而是功夫。

於是我練就了一身好功夫，我只選擇好心情。

▉ 專注

年前持續的五點起床，在最近幾日琳兒不斷噩夢連連的情況下打破了。一睜眼已經八點鐘了，她趕忙快速的起床、洗漱、打車一連串動作快速的進行著。看起來今天是必然遲到的節奏了。

自從開始上班以來，她就幾乎極少開車出門，偌大的北京城一堵車著實讓人感到不舒服，還好現在軟體打車倒也方便，車子很快就到了樓下等待著她了。

還沒能完全清醒的她坐在後座上，一語不發的坐在位置上，慢慢讓自己完全清醒過來，前排的帥哥司機一直倒也安靜的開著車。

依照慣例，琳兒向師父問早安，每一次和師父的交流，總能讓她對某一個事物的理解產生巨大的變化，師父今天丟過來的課題是：「專注」。

她曾經一直以為自己還好呀！平時只要開始進入工作狀態，她一直都是很專注、很拚的呀！心想：「我怎麼會沒有專注呢？」師父告訴她：「你自己想想，你真的很專注嗎？」她錯愕了，但也開始非常認真的思考自己的專注。

那一年，琳兒非常不易的進入了一家廣告公司，在打字的過程中，琳兒的速度可以達到每分鐘 220 字沒有錯別字，眼睛只需要放在錄入原稿上即可，她還能保持和周邊同事的溝通交流，最重要的是幾乎沒有錯別字，也許正因為那樣的訓練造就了她可以一心多用途，在一段時間裡她還引以為豪呢！

可正是這樣的一份自豪感中，師父卻說自己不夠專注，她非

常的不解。師父發過來一張照片，琳兒看了許多沒太看明白照片裡的是什麼。

師父說：「昨天我拍的照片，這是一個噴泉，噴泉是一直在流動的，但專注時就只有『當下』，所以才有拍到這美麗的畫面。專注在每一個當下，你覺得重不重要？」

「我現在要專注吃飯，自己思考。」

專注在做一件事兒，我們才能有深刻的體會其中的變化和細微的成長。

專注對待一個人身上，我們才能耐心熱情的感受自己和對方的每一份溫暖的回饋。

專注在事業前進的道路上，我們方能加速全力以赴，投入到無限的未知領域中去挑戰。

專注在自己的內心裡，我們才能真正瞭解自己，懂自己方能懂周遭一切。

專注在成長的路上，我們才能不斷覺知，超越自我，成就最好的未來。

唯有專注在每一個當下，心無旁騖，才能有如明鏡，內外透澈。

師父的每一句話，都有一種「一語驚醒夢中人」的狀態，那份興奮的喜悅之情，如此這般的感受，似曾相識。

原來，顛覆既有的思維，才能擁有翻轉的躍進。我越來越能享受這樣的感覺，專注在每一次推翻自己的革命。

愛情保單

　　剛剛懶洋洋的度過了愉快的春節，人們還沉浸在春節的懶散狀態時，即將又要迎來最受情侶們關注的情人節。商家們發布著各種節日的優惠活動，朋友圈曬著節日的籌備情況，有情人的都在幸福感滿滿中期待節日的到來，沒有情人的也都需要犒勞自己，約上三兩個朋友一起享受這自由的沒有情人的情人節。

　　看著大家的這份喜悅，琳兒心裡也頓然覺得心情興奮了起來。對於過節很重視、對愛情很尊重的她，也曬出了朋友圈，希望和朋友們一起感受這份節日氣氛中的快樂。

　　就在她計畫著如何與朋友們進行美好的一天節日時，師父丟來一條資訊：「何為情人？」被這突然降臨的問題問懵了。是啊！一直只是簡單的認為愛情是神聖的，情人是美好的，可她從來不曾深入探究過什麼樣的人才是情人呢？

　　思考了許久，她想起了他的發小，從幼稚園他們就是一班的，他從小到大一直都是班長，班裡的同學們只要聽到他的一聲咳嗽聲，即刻就安靜了下來。不知是太熟悉了，還是琳兒骨子裡傲氣十足，在班裡大概唯有她最不怕他了。

　　都說早戀是不會有結果的，它只是最美好的回憶，也有很多人說早戀時期的情最真、最純潔。琳兒一直期望的，大概就是這樣一份至純至真至善的情。人們都會說，這樣的真情人間少有，可遇不可求，看看有多少初戀最後都是沒有結果的。

　　但是琳兒就見證了這位發小這個霸氣十足的班長，和柔情弱小的麗這份純真的情。

　　二十年前，他們還是懵懂無知的孩子時期，然而他們相愛了，彼此之間心裡眼裡都只有對方，完全不顧及旁人的言論，顯得其他人如空氣般存在他們的世界之外的空間。

　　二十年後的今天再見時，依舊是男柔情蜜意，女小鳥依人，彼此之間濃濃的愛意，滿滿的心裡只有對方，彷彿他們從未經歷過風雨的洗禮，依舊如故般的還是二十年前初戀時期的那份情。

　　人的一生會有多少個二十年？二十年又會經歷怎樣的風風雨雨？又有幾人能夠平淡到二十年如一日的心境呢？許多人走著走著就散了，各種理由、各種藉口就將一段感情輕易的抹殺掉了。與這類至情至深的愛相比，相信每個人都願意選擇擁有這樣二十年如一日摯愛一生的情人。

　　過節是為了什麼？

　　過情人節的期許又是什麼？

　　現在流行一個詞：「走心」，只是在競爭激烈的當代社會中，忘記了走心，更多的走是過場，匆匆忙忙的把走心當作了一份應酬來對待，節過完了也就結束了，對於整個節日可有用心呢？對情人節的情人彼此間可有用情嗎？

　　愛情是什麼呢？

　　愛是行動的付出，是奉獻的崇高精神，是不求回報的付出，是用全身心投入對方的角度，去看待所有問題的行為。

　　情是走心的產物，是用一顆持續平靜穩定的心點燃對方的心，那是一份如火焰般的熱情，如湖水般寧靜的溫情。

承諾與誓言，似乎是愛情的必需品，

但這在空口白話的表達中，卻顯得格外諷刺。

熱戀時，一切都是甜的。

情變了，一切都是假的。

戀愛時，女人的腦子總是空白的。

清醒時，女人的夢想也就空白了。

於是，見證浪漫的當下，務實的保障更為實際。

「保證」跟「感覺」一樣，充滿了變數，

「生命」與「衝動」一樣，充滿了無常。

真的愛，那麼必須承擔她的現在，預見她的未來。而不是只在情人節這天給予迷幻的醉意，醒來只剩傷害。

你的愛，必須隨時都在。

必須假設你有一天不在了，愛的力量還在。

▟ 登高方見遠，行遠視野寬

把自己丟在什麼樣的環境，

自然沾染什麼樣的氣息。

把自己丟入什麼樣的人群，

自然感染什麼樣的習性。

長沙的天氣如琳兒來之前的北京一樣的美，天氣的晴朗，人的心情也由此變得更為愉悅起來……

「你是怎麼瘦下來的呀？」海燕見著琳兒最想問的話大概就是這句了。

「素食啊！我素食幾個月就瘦了下來啦！」

「那我不吃肉，我可做不到。」海燕有些沮喪和失落了，她也希望和琳兒一樣的蛻變。

「你瘦下來之後，一定要多多運動。」成哥在一旁大概聽不下去女人聊減肥的話題。

「你知道的，我最不願意做的事情就是運動了。」琳兒有些不情願的拒絕道。

「吃完飯一起去爬岳麓山吧！」成哥見勸不動琳兒，倒也心生一計。

「不會吧！我能在山下等你們嗎？」琳兒撅著嘴巴，一臉的不願意的表情。

「去吧！去吧！反正下午也沒事。」王哥在一旁半天不說話，提到這個話題他倒是積極了起來。

「你這樣總是不運動對身體也不好的。」海燕也參與了勸說行列了。

「好吧！」琳兒看這架勢，不如欣然接受這樣會比較好一些，一來可以如大家所願，二來自己也的確需要一些運動了，山上吸收一下新鮮空氣，也是不錯的選擇。

長沙的路上也許因為是週末，也許是因為天氣如此美好，出行的人多了起來，路況極為堵塞，靜靜的坐在車上，望向不遠處的山峰，琳兒浮現眼前上一次的影像……

李姊提議去爬岳麓山，琳兒一向都是十分的尊敬這位待她如妹妹般的姊姊，絲毫沒有猶豫的滿口答應了。一行四人便前往岳麓山，一路暢通很快便到達了毛主席的石像前了，停下車輛後一行人便開始往上前行，長期不運動的琳兒是那麼的興奮，如此親密的接觸大自然的懷抱，是那麼的美好和快樂；她與李姊一起奔跑著向上前進，把自己的體力偏弱的事兒拋至腦後了。

正因為這種快速的行走方式，還沒到山腰間，琳兒忽然覺得腦袋一片眩暈，匆忙和李姊說需要去一下洗手間，踏進洗手間的瞬間，只見眼前一片漆黑，幸好扶住了牆壁才沒有摔倒。她找了附近最近的座位坐了下來，努力的希望自己可以快一些恢復過來，她不想因為自己掃了大家的興。

時間一點點兒過去了，琳兒知道自己很難再堅持下去了，稍暖和了一些後琳兒強忍著眩暈的感覺裝作若無其事的走出去了，歉意的和李姊說自己不舒服，不如自己開車到榕灣鎮那個門去等大家，這樣可以不用走回頭路了。李姊大概看出琳兒臉色不太好，也不想勉強她繼續爬山，只好惋惜的把車鑰匙交給了她。

　　看著李姊她們的身影走遠後，琳兒再也忍不住自己昏天暗地的狀態了，就近坐了下來。用自己強大的意志力去抵擋體力虛弱引發的不適反應。不知道坐了有多久，她害怕大家走到那邊還在等自己，慢慢的起身朝山下走去……

　　再一次來到岳麓山腳下，想起上次難受的模樣，琳兒看了看遊覽車，轉過頭看看同行的他們，一副會說話的眼睛傳達著自己想要坐遊覽車的期望，他們都是毫不猶豫的拒絕了琳兒。徹底了失去了遊覽車的機會，她只好繼續向山頂走去。一路上上山下山的，好不熱鬧的場面，行走沒多久，她已經把身上的背包給了王哥，非常安靜且專注的爬山，關注著自己的呼吸和身體的狀態，來調整著行走的速度。琳兒再也不想發生像上次一樣的事件了，即時意外也是意料之中，多麼尷尬和難受呀！

　　「你要不要休息一下？你的臉色都已經蒼白的了！」成哥轉過頭看到琳兒的臉色時著實嚇了一跳，關心的問道。

　　「不用！沒事，我知道自己的狀況，慢一些走就好啦！」琳兒笑了笑，拒絕了休息。

　　路上幾次琳兒其實很想放棄前行，她的身體雖然沒有出汗，沒有泛紅，她可以清楚的感受到身體內的澎湃，呼吸越來越急促，心跳也在不斷的加速，血管裡的血液流動也在不斷變化。琳兒知道這是長期不運動的狀態，她只需要把握好行走的速度，就可以堅持到山頂的。每當她有放棄的念頭時，那個倔強的琳兒就會跳出來，強大的氣場直逼弱小的琳兒回到身體瑞安靜的看著。

　　終於爬到山頂了，琳兒深深的吸氣、呼氣，感受與山下不一樣的空氣，眺望著遠方的長沙城，心情頓時舒暢極了。她還是超

級自然的和一同爬山的好友玩起了自拍，好不開心的笑著。她慶幸自己的堅持不懈精神，更感恩自己理智的選擇，關注自己的身體，適當的調整著行走的速度，才能順利的完成目標，爬上了岳麓山山頂。若不是周圍那麼多的人，琳兒真想大聲的喊一聲：「琳兒，我愛你！更愛現在的你！」

長沙是那麼的點滴感受，

長沙是那麼的風起雲湧，

那曾是我心中的長城，

更曾是我生命的沙場。

戰士依舊在，幾度夕陽紅，

水淹橘子州，精神亦抖擻。

我們沒有被命運打敗，

只是順勢天意的安排。

在昏天暗地中，仍然磨出一道光彩。

🏰長城之沙

> 長城並非一夕建，
>
> 沙場也無一日寒。
>
> 長城之沙，時間輾轉，已然風化。
>
> 長沙漫漫，回首過往，也是成長。

　　長沙之行很快便過去了一週，心態不一樣的時候，多體會到的感受是截然不同的。當自己用一種全然的心態去面對生活中的每一個人事物時，每一份新的認知都帶給琳兒一絲絲暖暖的感動。

　　陳成，裝飾公司的股東之一，曾經與琳兒同為一家公司服務角色是施工的乙方。有些人註定結束就失去了聯繫，有些人註定緣分不斷，項目結束後，琳兒和在這兒相遇的四個人組成了團隊成立了裝飾公司，如同鼎的四個強有力的支撐著整個東方升起的太陽，共聚堅定不移的決心，開啟了新的事業的崛起。

　　一直以來默默的做著自己的工作，一年一年過去，一起走過的曲折坎坷，一起享受戰鬥的成果，分布在全國各地的專案上，極少有時間可以相處如此之長。

　　身為老司機的琳兒，已經厭倦了開車的感覺了，身為股東的陳成，卻既做司機又陪同出遊、陪著逛街、隨叫隨到、代購食物，無微不至的照顧著琳兒。也許曾經也是如此的好，只是被自己忽略了；也許曾經的自己認為理所應當，可是又有誰是真正應該如此做的呢？

　　偉成，歸為琳兒的同學，準確的說應該是校友，有些人在

學校裡關係十分友好，進入社會後彼此卻漸行漸遠；有些人在學校關係並不很好，因為同在一座城市，相處起來卻也能自然舒服的感覺。與偉成在校期間就是好友，進入社會後也聯繫不斷的延續到今天，二十年時間算算真是好長的，每當聊起曾經的過往，又覺得彷彿一切都還是昨天的事情，依然是那個年少時期的率真風格。

儘管已經有陳成的全程照顧著，偉成依然推拖事務前來陪同琳兒一起，定要盡盡地主之誼。然而琳兒卻是十分感激他的那份信任，將家庭財務風險管理工作交與自己來規畫，她將用自己所學專業知識和具有責任的使命感為他及家庭保駕護航，回饋到這份信任。

於是每次出行的時候都是二輛車，一前一後的去吃飯、去辦事、去遊玩、去購物，琳兒開玩笑說，這簡直就是左右護法的全程的陪同節奏呀，讓琳兒備感溫暖。這樣純粹的友誼，如此周全的陪伴，長沙之行因此而變得格外的美好。

最近在師父寫的《成就一瞬間》中，看到他父親的一個朋友，在臺灣是非常成功的企業家，稱自己的司機為同事，時刻都會為自己的同事去考慮，照顧同事的感受。如此的體諒身邊人，又怎能做不成功呢？一個人富裕的時候，不能忘了貧困時候的感受，那麼在小有成就之時，也應當不要忘了曾經步步前行時貴人們帶給自己的幫助。這讓曾經一度憑藉自己努力獲取自由的琳兒，擁有了高傲姿態，忽略了身邊許多的人事物。

每一次的成長，都是對自己曾經認知的昇華；每一次的蛻變，都是顛覆過往認知的覺醒。曾經忽略的未必是不好的，曾經在意

的未必是你的，曾經期盼的未必想要的，曾經後悔的未必是真
的……，虛虛實實，實實虛虛，覺醒後的認知，一切都是最好的
安排，接受自然的狀態即可。

　　共患難是拚搏過程的必然，
　　共享福有時卻很難是一廂情願的蒼涼。
　　點滴心頭望，
　　回首唏噓茫，
　　留下一點是回憶，
　　踏過一片不感傷。
　　沒有奮鬥過，何來點滴在心頭。
　　若無真放下，何有新蕊綻枝頭。

⛫心情好了事情

事情可能左右了心情，
而心情更是決定了事情。
在惡性與良性迴圈的自然中，
切莫讓事情壞了心情，
而是要讓心情好了事情。

「早上好！」琳兒剛剛拉開車門，就聽到了司機師傅轉過頭看著她微笑的問候。

「早上好！」她以熱情的心回覆司機的問候。

隨即目光投向坐在一旁的女人，面無表情的斜視著琳兒，厚厚的粉底撲在面上看上去略顯的蒼白，冷漠的眼神如同那李莫愁獨有的透骨寒光。原本還想和她問好，話到嘴邊又咽回去了，面帶的微笑調回了原本平靜的模樣。

坐上車，習慣性的用手托著下巴，看著外面一排排發滿綠芽的樹木，和一株株粉嫩粉嫩的花朵綻放著，偶爾能夠看見鳥兒在樹枝上築起的窩居，心情舒暢極了。

如此美麗的早晨，為何還會有人覺得如此的不爽呢？車裡除了那份寧靜以外，卻深深的感受得到漂浮在車內的那份寒氣，若不是已經步入夏天的節奏，現在應該已經覺得冰涼了吧！

滴滴司機師傅開的是順風車，順道願意捎上一、二個人同行，一來可以節約成本和資源，二來好比過自己一人開車行駛這麼遠吧！他看上去就知道是一個熱情的人，相信他每一個人都會主動

打招呼，在面對如此冷漠的回覆之後的他，還能夠保持友好的心態和琳兒打招呼，可想樂觀開朗的心態是多麼的重要。

旁邊的女人時而目光緊閉，時而低頭發呆，那持續的一動不動，若是在某個場館，一定會誤認作蠟像的。有些人的冷淡，頂多讓氣場變得安靜下來；有些人的無視，頂多讓那一刻變得尷尬了些而已。此刻的車內更多的是一種透心涼的感覺，右側的胳膊明顯比左邊涼許多。琳兒不由得向外挪了挪身體，盡量讓自己可以離得那人遠一些。

察言觀色的直覺力，琳兒是有的。透著寒氣，表示內心孤寂、內分泌失調，當然情緒一定是起伏很大的，這般狀態，甲狀腺、子宮、腸胃、心肺等都會有連帶關係，而這原因主要都是來自家庭與感情上的不協調，細節就不多述了。

琳兒開始理解旁邊的女人了，她自己一定沒有意識到目前的身體狀況吧！也不難猜出那寒冷神情後的原因。

終於熬到下車了！

車裡剛剛果然發生了爭執，女人和司機抱怨各種問題，司機像個老好人似的還在解釋著，琳兒心想：若是換作自己，直接停車讓這姊們下車了。司機師傅還真是溫和善良呢！她實在聽不下去了，反正也不遠了就讓司機停下車自己走走，早晨的空氣污染雖然很差，琳兒心情卻絲毫沒有受到影響，開啟了全新的一天。

身心靈的連帶關係，如同桃子的皮、肉、核，緊緊環扣。套句師父的話：

心是思維，是觀念，

靈是習慣，是潛意識，
心靈不健全，何來秀麗亮眼的外在？
給自己一個強大的感染力，
但不是疾病，不是壞心情，
而是正能量的穿透力。
一個微笑，就是一切。

■ 交代

來不及交代，不是不交代；

不想說太多，是不知該說什麼；

輕重緩急的發生，盡是老天的安排；

尚未交代，表示我會再回來！

北京的天氣今天真好！望著藍藍的天空、白白的雲朵，心情著實那麼的愉悅……

喜歡選擇靠窗的座位，安靜的望著窗外的風景，每次不同景色的呈現，總能教琳兒為之震撼。太陽放射出炫麗的色彩，搭配上白白柔軟的雲朵，使人生出一種很想自由飛翔起來在這個空間停留下來的衝動……

飛機終於穿過雲層，降落到黃花機場，再一次踏進長沙的土地上，心情卻是與過往截然不同的狀態，相比之下，更是喜歡如今的自己，那是一種自然的狀態，重生的蛻變散著掩飾不了的內心那份耀眼的光芒，像如此踏上這片土地去河西，想想已是快一年的時間了……

長沙，我回來了！

回想自己受傳統文化的影響，琳兒喜歡極了。

為此曾經去過雲南學習茶文化，去過海南學習了古琴藝術，終於準備為了開闢一個新的文化傳播公司。她花了幾個月的時間四處奔走，調研工作的進行，老師們的加盟、大家的支援、產品的設置、課程的設計、管委會的協商、各協會組織的合作……，

可謂是萬事具備只欠東風。

但計畫趕不上變化，變化又輸給了電話。

「琳兒嗎？」看到醫院的電話，琳兒心一緊趕忙接起電話。

「是的。」快速回覆就焦急的等待著醫生接下來的話，那是期待了多年的電話了，也是一家人的希望，如此突然會是好消息吧！

「有一個配型和你母親吻合的，主任讓我給你打電話，你幾點過來？」醫生很平靜的說著。

「好的，我現在在外地，我現在就給家裡打電話讓我爸爸媽媽先過去。」掛了電話，琳兒急忙安排訂機票，都沒來得及安排其他事宜，就急匆匆的往機場趕。

「你先別急，既然已經有通知了，一定沒問題的。」東東在旁邊一邊望著琳兒，一邊安慰著她，輕輕的說著，安撫琳兒的急迫。

當年琳兒母親第一次查出來是尿毒症晚期的那日是他陪在琳兒身旁，得知母親生病那瞬間的心情，至今仍深深印在琳兒的腦海裡。

東東慢慢的說了自己父親的病史，他與琳兒母親是同樣的病情，只是身為家庭頂樑柱的東爸，為了家庭的未來放棄了治療，而那時的東東卻無能為力，只能看著自己父親離去⋯⋯

琳兒感同身受，那份痛和遺憾。

「嗯嗯！我知道，謝謝你這些年一直陪著我，鼓勵我！」琳兒發自內心真誠的說著。

其實她想表達的遠不只這些感謝，只是習慣了凡事放在心上

的琳兒，依舊選擇淡淡的回覆。

　　一切來的是如此之快，快到琳兒一家還沒有做好準備，快到來不及思考後果，快到像中獎一樣只顧著交錢住院推進手術室……

　　那一次的離開，是琳兒 2016 年最後一次去公司，來不及交代接下來的事情，來不及與投資人交代，來不及與老師專家們溝通，來不及與商家們溝通，琳兒便投入在為期近二個月的醫院家裡奔波中。事後的一句話代替了所有的彌補，其實全然不夠的，在這兒琳兒深深的表達自己的歉意和你們說一句：「對不起！」

　　如今終於又回來了，不一樣心情，不一樣的狀態，不一樣的一切，拉著行李箱朝著出口大步走去，遠遠望見熟悉的身影在接她……

　　輕重緩急，請原諒！母親之重，不得不急。

　　本末先後，請放心！不忘初衷，我必回。

　　我，選擇著凡事的積極。但，東風未到，不能急。

　　而今我再回來，因為，東風來了。

♜女王的愛

愛情，是一種夢幻的美麗。

愛情，是一種如人飲水，冷暖自知的感受。

愛情，是讓女王淪為女僕的毒藥，直到夢醒。

每個人都有一個為了什麼而活著的理由，有些人為父母親而活，有些人為孩子而活，有些人為某個使命而活，有些人為一句承諾而活，有些人為愛人而活⋯⋯

琳兒，應該是為愛而活的那一種，對家人的愛是她努力奮鬥的目標，然而終極目標依然是為愛情而活的女人。

都說女人在戀愛時的智商為零，大概就是在表述大多數的女人一旦墜入情網，都難逃的智商歸零。完全無法保持清醒，無法理智判斷所有事情的真實性或本質的對與錯。

當愛侵蝕了女人整顆心，就如同被一個國王帶著士兵，毫無費力的吞併了城堡中女王的一切。國王為所欲為，肆意的流淌過城堡的每一個角落，沒有了一絲的神祕色彩。

隨著時間流逝，很快的，淡然無味。

此刻的女王，如同腦殘，國王當然失去了樂趣，於是開始向周遭的其他城堡進攻，棄女王於不顧，尋覓下一個新鮮感，飛上駿馬揚長而去。

女王錯愕，獨自哭泣墮落，如同女僕期待主人歸，但國王卻更將遠去，展現了輕易獲得而不珍惜的狀態。

如此情景的顯現，在現代社會中層出不窮，不是女王不懂經

營，而是忽略了人性，忘了留下遊刃有餘的彈性，讓自己掌控拿捏一切。

女王，既然是女王，當然不必為了愛人而改變了身段，卻能夠用柔軟心念的溫柔，融化馳騁沙場的男人。用智慧滿足國王的欲望，當他的軍師，當他的夥伴，當他的知己，讓他毫無丁點產生厭倦的可能。

將心思用在圍堵國王的翻牆，不如學學埃及豔后的魅力，妝點自己的芬芳，讓君王留在身旁，流連忘返。

於是女王一定要讓自己變強，也得判別國王的能量。不要將就自己的品味，而是吸引那值得珍藏的果斷。他必須是王，才能配上你這王，國王與女王不是王不見王，而是相敬如賓的恒久佳釀，相得益彰的永不迷惘。

愛情世界裡沒有完全的對與錯，

唯有彼此用心的對待。

一句話，表達的方式不同，結局就不同。

一件事，執行的形式不同，結果也不同。

被情緒所控制而表達出來的言語，

必然傷害了那口口聲聲說的最愛最在乎的人。

衝動之際做出的事，必然終生後悔。

用經營企業的心，

呵護新生嬰兒的情，

去善待珍貴的愛情，

想來必是有情人終成眷屬的幸福美景！

把自己當女僕，那麼就別期待那可遇不可求的灰姑娘。

把自己當女王，那就別迷亂自己情緒於智慧的高端。

女王的愛，不送，不賣。

女王的愛，珍貴，自在。

改變

世事是無常的，所以無法不變。

不變是堅持的，所以並不容易。

太陽天，想要在溫暖中，享受光子的衝擊，

卻不讓自己變黑，那麼總得隔離防曬。

大雨天，想要在詩意中，享受雨聲呢喃，

卻不讓自己淋濕，那麼總得撐傘躲避。

開著些車窗，琳兒想讓自己可以吸收一些外面新鮮的空氣，今日的天空呈現的格外美麗，難得一見的藍天白雲讓人身心舒暢，太陽公公散發出的溫情暖暖的曬在身上，懶洋洋的睡蟲幾乎都快要被叫醒了，沒有霧霾的天氣真好！

環線上車輛不是特別的多，倒是大車一輛一輛的從琳兒的車旁超過，她習慣了永遠保持八十邁的速度，即使被不斷超車依然我行我素，不著不急的駕駛著自己的愛駒，思緒此刻還是停留在剛剛的見面情景中沒有出來……

今天相約見了已有七、八年不曾見過的老友，意外的見到了許多曾經相處過的昔日友人，老友的再聚那是一份多麼不易的緣分呀！相識十多年，分離七、八年，卻依然可以再次相見，依然可以那麼熟悉的交流，沒有一絲的陌生，沒有一點兒的距離。

彷彿一切又回到了離開那個地方之前的時候，不對，彷彿回到了最初相識的感覺。也許也不對，十年如一日，如同從未有過改變，安逸的生活方式，溫暖的家庭氛圍，友好的親朋好友，彷

彿她們從來不曾有過一絲紛爭，永遠都是那麼的淡然相對。唯有對於多年未曾謀面的琳兒顯得有些格格不入的感覺，總是覺得自己的存在感與曾經有那麼一些不同的地方。

懂得琳兒和瞭解歷程的朋友，大都報以敬佩之心待之；不瞭解情況下，也許多少帶有些許不解之心看待。興許是她的表現與過往的不同，興許是她展現出來的氣場與過往的反差，總是引來一些讓自己不自在的感覺。唯有老友給予她十分的友愛，依舊如同曾經一模一樣。

磨難是長期的，生命是短暫的，在短暫中獨享那份安逸，想想也是很幸福的事兒，曾經的琳兒停留在那一小片的區域，年復一年，日復一日，過著一成不變的生活，說著一樣的話語表達自己，有著永遠相同的思維模式，做著相同的操作模式，走在永遠相同的路上，追逐著自己的那份不確定的夢想。如此簡單又安逸的生活方式卻也舒適，是大家所想所追求的狀態。

然而總有那麼一些人不受安逸的禁錮，不淹沒自己的真實感受，選擇接受命運的挑戰，跳出固有的領土和模式，開啟了磨難之路，一件件曲折離奇的事件，一樁樁起起伏伏的成績，說這是過火山蹚油鍋都不為過。九九八十一難才修成正果，改變的決心若不堅定，經常容易夭折在去往的路途中。

此刻的琳兒，如同看到了十年前的自己，那份對現實狀況的無奈之情，和不開心的生活那份不滿之心，那段長期糾結於自己內心的不甘心感受，強烈的對生活的美好嚮往，助自己一步一步踏上改變的決心，有多想才能走多遠……

「叭叭！」後面大車不斷的按著喇叭，像是十分著急的樣子，

催促著琳兒的速度。

被喇叭聲叫回神的琳兒看了一下車速，依然是八十邁呀！也就任由後面的車輛一直按著喇叭，完全選擇忽略的狀態開著自己的車，只是思緒卻被擾亂不見了。

安逸的生活與理想的狀態，不知道究竟是哪一種方式為最佳呢？

能夠選擇接受生活中的一些不滿，調整自己的情緒，生活雖是平淡，卻也可以真實的觸碰到那份淡淡的牽掛，也未嘗不是一種簡單的幸福。

選擇接受各種挑戰，戰鬥雖苦卻也顯成就，不斷的戰勝自己，走在成長的路上，完勝的強大自己，也未嘗不是一種生命的價值體現。

我多麼希望自己不曾長大，可以在父母的懷裡撒嬌耍賴。但世事的安排，卻讓我必須提早進入大人的思維，承擔所有愛的責任。

我多麼希望在安逸的幸福夢裡，永遠不要醒來，卻總有狂風暴雨將我的被子掀開。醒來才發現，連屋頂也被吹翻，回不來。

我不願戰，於是我必須強大防禦的能力。

我不想變，於是我必須修煉應變的能力。

於是，超越自己，不斷學習，就是我的選擇。

一切都在變，想要保有不變的安然，唯一的方向就是改變。

▉ 古智盎然，翻騰發光

古月照今城，今日耀古人，
不讓蒼涼永流傳，且讓大商暖心房。

收到「晉商財富傳承論壇年會」邀請函時，正是琳兒畢生經歷最低谷的情緒中，那幾日她一直沒有去思考過去與不去的問題，完全沉浸在自己的世界裡，選擇性的忽略使用大腦思考的行為，直到對方再次邀請確認，她毫無徵兆的回覆了：「好，我去！」行程就如此淡然的決定了。

第二個月按約踏上了山西之行，來到了具有歷史意義的古城「平遙」，失眠一整夜的琳兒，半日的舟車勞頓後依然沒有絲毫的睡意，下午被安排稍作休息的時間，回到房間整理好行李。站在窗外，一眼就可以眺望遠方，相比北京一眼望去只見一座座的高樓別無其他了，她更喜歡如此這般美好的感覺，彷彿自己回到了古代站在城樓上，望向遙遠的夢想⋯⋯

撥通電話告訴傑：「我想去古城轉轉，我們距離那兒不是很遠。」

「好的，我在酒店大堂等您！我陪您一起去。」傑非常友好並快速的表達自己的意願。

打車幾分鐘就到達了古城的西門，這是中國四大保存最為完整古城之一——平遙古城，也是迄今唯一的一座既保存完整、規模最大、歷史悠久還保留原住民的古城。相傳在西周宣王時期這座城堡就已經存在，它見證了多少歷史的真相。略顯粗糙的城牆

屹立於地面上，彷彿在告訴世人它依然不老的神話。

踏進城門，只見一片熱鬧的景象，一排排商業以外，還能見到居民們日常生活的美好，往日去過的古城被封閉的環境，不是太過於商業，就是冷靜得嚇人的氛圍，除了遊客也就只有遊客了。古城裡大家自由的出入，更像進入了一城鎮的感覺，叫人心生一份踏實之情。

路過一座座古老的建築，有些保留的十分完整，幾乎沒有翻新的痕跡，隨處都可感受到歷史文化的精髓；有些完全翻新的一眼便能分辨出來失去了歷史的滄桑感，更多的是略顯違和感的呈現方式。古老的建築風格更是對於古代的封建禮教文化以及儒、佛、道文化有非常深刻的體現，門楣上的畫面記錄著人們對美好生活的嚮往。

東南向的中軸線為最繁華的商業街，南北線的主軸線路為當年最為盛行的金融街，做生意的人來到平遙一定要來感受一下曾經商業帝國的崛起之地，從事金融行業的朋友更是必到參觀的「日升昌票號」，當時的票號盛行和經濟文化繁榮的興起，源於這座古老的城池，日升昌票號裡不僅展示了票號的顯赫的成績，更是詳細的介紹了發展歷程和管理體制，帶領了高達 22 家的票號在平遙的盛行，影響了全國的金融產業的發展。

每一個成功的領域都有至關重要的靈魂人物和全面的制度。日升昌票號承攬了全國各地上至官銀、賦稅、軍餉，下至商號、店鋪的資金及個人私銀的匯兌、存放業務是中國做到匯通天下的第一例。股份制的合作模式在那樣的年代中就可以運用自如了，智慧的結晶創建了中國商業崛起。

票號成就了一個個掌櫃、一間間信房、一本本帳薄，分號遍布全國各大城鎮，若活在那樣一個時代，會有何不同的方式去對待呢？

不曾有古的點滴奮戰，

就不會有今日進步的成長。

歷史是經驗的傳承，

不是唏噓不斷的迷惘。

對於過往，除了感恩，還得學習，

對於此刻，除了珍惜，還有責任。

古人並非留下了豐厚的穀倉，

今人卻應翻耕良田，為後人除去慌張。

讓大地延續滋養，

而非可以預期的荒涼。

留下青史典籍，傳慧之榜，

再造輝煌一樁樁。

🏰 我沒想當作家

我沒想當作家，但已是作家。

我不是偉人，但我在寫著傳記。

我很平凡，更渴望平淡，命運卻安排了燦爛。

我是女生，更愛漂亮，老天卻要我比男人勇敢。

自從開始寫文章以來，很多人會問：「你是學文學的吧！」琳兒笑笑：「看完自傳就知道了。」

記得去年上半年的時候，琳兒和父親商量著自己一家人都離開了家鄉，以後就從爸爸這一代開始記錄下這個小家族的事蹟。老家的族譜裡一般都不會有女孩的名字，而琳兒一代都是女孩子，她希望身為爸爸的後人，自己這些姊妹們以及未來的子孫們，都可以讀到祖輩們的故事，延續下去這份善良並孝順的精神傳承。

琳兒和小妹鄭重的說：「這個艱鉅的任務就交給你了，你是我們姊妹寫作水準最高的了。等你高中畢業了，壓力沒有這麼大了就開始吧！」

半年前的那時候，琳兒都不曾想過，不久後的自己便已經開始了寫自己的故事……

2017 年 1 月 6 日，琳兒向遠在臺灣的師父說，自己也很想寫一本自傳。其實這也是她內心深處的祕密，只是想想從來不敢想像，也許是每日看著師父寫的文章有感而發，悄悄的把心底的祕密說給了師父聽，誰曾想師父竟然說：「今天就開始寫，從短文開始。」聽到這裡，她不知道有多後悔自己嘴多。

硬著頭皮擠了一天也擠不出一篇短文，若是寫些自己的故事還能湊合看，這短文對她而言簡直比登天還難。最終還是在 1 月 7 日發了第一篇自傳，結果就是一發不可收拾，在這個不一樣的年初開始，琳兒帶病堅持每天寫著文章，每日沉浸在過去的點滴回憶中，領略曾經走過的歲月，如同重新的活過一次自己。

　　就這樣三個月過去了，琳兒的文章越寫越好，短文也越來越順了，曾經一天不能擠出一篇文章的她，如今卻最多可以在十小時寫完八篇自傳加上二篇短文，這是一個多麼不可思議的大躍進。

　　隨著回憶的點滴，琳兒如同重新的組裝了一次自己，一段段經歷，一個個總結，一份份感恩，一件件回饋，都深深的烙印在心底。曾經被忽略了的幸福被重新拾回，曾經忘掉了的能力再次被運用，曾經被陰鬱覆蓋的心境被刷新，曾經一度給自己設定的框架重新定義。

　　我不是想要當大作家，而是我願意將這些年累積的能量，隨喜分享，綻放另一朵燦爛的力量，回饋所有協助過我的貴人們，也給雷同遭遇的朋友一抹溫暖心房的月光。

　　想你要的，說你要的，做你要的，結果就是你想要的。原來一切真的可以如此神奇，信念的力量可以改變一切。我感恩遇見！感恩恩師的鼓勵！人生得遇良師，此生足矣！

　　羨慕別人，表示你希望擁有，但是沒有。

　　嫉妒別人，表示你渴望超越，依然沒有。

　　羨慕，嫉妒，表示你停留在思考，而沒有執行。

　　找對方法，跟對人，熟能生巧，

就能從此告別「羨慕與嫉妒」。

我設定的目標，都已達成，

我的第一本書，也將完成。

我問師父，這本書要叫什麼？

師父說——《長城上蛻變的月亮》。

因為蕭瑟風雨中不凋萎，

瀟灑面對中更顯堅強，

這是中國特色的勇敢，

帶給所有中華兒女的感動，

正氣凜然，堪照日月，

更是令人喜悅的傳奇。以你為榮。

謝謝師父的這句「以你為榮」。

無比鼓舞，感恩您！

You raise me up.

很多事，不一定有下次

把每一天當作最後一天看待，
把每一件事當作最後一件去做。
我想假如真是如此，應該都會全力以赴吧！

這讓我想到了自己寫自傳一事，假如這是我的最後一本書，我會希望這本書傳遞怎樣的故事呢？每一則故事，每一次磨難，每一段經歷，我都是很努力的過著，書寫自傳的時候，回憶點點滴滴浮現在我的腦海裡，如同今日剛剛結束般的清晰。

如果說曾經的經歷給了我磨練，助我一路成長，自傳的撰寫猶如重新再活一次的機會。

許多人在行走的路途中，經常容易忘記了過去，忘記了那些帶給自己幸運的恩人，忘記了讓她感動的美好回憶，忘記了活在每一個坎兒裡的掙扎，忘記了覺醒時那片刻的寧靜……。忘記了自己的初心，總是能找到合適的理由；忘記了自己，究竟真正需要的是什麼；忘記了付出，只有不斷的索取著更多。膨脹的欲望永不止。

也有些人深深的沉浸在過往的痛苦當中，遲遲不肯走出來，把自己的生活越過越糟，不知是為了證明自己那顆真誠的心，還是期望以悲慘的故事來換取憐憫的關愛？活在過去的世界裡折磨了現在的自己，更甚許願繼續折磨自己的未來，奉獻自己的一生。最後的最後，臨時時刻方知自己有多傻，後悔莫及！

對於女孩子們來說，換季的時候總是要清理一下衣櫃，丟掉

一些穿不了的、過了時的衣服，以便可以騰放新衣服的地兒。而總有一些人無法做到斷、捨、離，雜物越來越多，堆得滿滿的雜亂不堪，不僅亂了衣櫃，還壞了心情。

過去的衣物，斷扔過了時了的，捨掉穿不了的，離去穿的極少的，重新整理衣櫥，將衣物歸納擺放整齊，如此一目了然，心情也愉悅不是。

現在的衣物，根據過去所擁有的，不浪費金錢重複購買；過去的感性消費為自己帶來長期累計的經驗，根據適合自己的款式，不盲目的購買，選擇理性的去消費。

未來的衣物，關注時尚雜誌，瞭解更多的時尚潮流，風格、元素、色彩、搭配和款式的流行，認識的瞭解自己，關注可以完全展示自己的特質的服裝，隨時準備出手入手。

用最後的機會來提示自己生命的珍貴，每一次機會的到來都只有一次，若不珍惜，何須後悔？

我希望自己能夠以最後一次的機會來撰寫這本自傳，這是給自己的一個交代，亦是給我最愛的孩子們一個傳承的延續，更希望千千萬萬與我有共鳴的朋友們一起分享。所以我格外的珍惜這次的呈現，用心感受曾經的自己那份深刻的體會，用心聆聽那時候的自己那份內心深處的聲音，並完整的表達出來，分享給你們，我的朋友。

生命中很多事，過了就過了。

路途上很多人，變了就變了。

經常盤點一下自己的人事物，

做一下重新整理，才知道此刻有多少資源，

有多少不足，多少閒置。

該做的就做，該移除的就移除，

奮鬥每一個當下，珍惜每一次呼吸。

無常是什麼？

師父說：剛吸進去的那口氣，不知道能否再吐出來，就是無常的最佳寫照。

你永遠不會知道，

時間的快速，

就像你一定能明白，

等待的漫長。

你等的可能永遠不會到，

而你恐懼的卻是瞬間達眼前。

生命中有兩件事千萬別做，

一是恐懼，二是等待。

時間是什麼

時間就是生命的流逝，
沒有時間觀念，就是不在意生命的人。

早上滴滴司機提前四分鐘的來到社區門口，已經起床一個半小時的琳兒早已準備好了一切隨時可以出發了。昨晚的第一次微課堂的分享，挑戰了她另一種表達的方式，今天上午又要去公司給團隊分享「人生的八大問題」。帶著昨天準備好的思維導圖，她希望可以讓大家更清晰，幫助加深記憶。帶著滿滿的期待，心情十分愉悅的出發了。

還沒出社區的大門，遠遠就看到了一輛奧迪 A6 停在了大門口外，司機的守時讓她覺得美好的一天就要開啟啦！

就在她還沉浸在這份喜悅中，司機師傅把車停了下來，很詫異的問：「師傅，咱們停在這兒幹嘛？」師傅很淡定的說：「這兒還有一個人。」

琳兒拿起手機看了軟體一眼，果然還有一個拼友，晚上睡覺前下的單，被司機師傅搶單後，她還確定六點半準時出發，最後一個接琳兒馬上就可以走？師傅回覆沒問題，便安心的睡著了。

五分鐘過去了，司機師傅一直無法聯繫上拼友，琳兒的心裡開始有些著急了，又過了五分鐘司機打過去都是無人接聽，琳兒再也忍不住了：「師傅，昨天晚上不是和您確認了接了直接就走嗎？」「是啊！這不是順路嗎？」師傅倒也淡定不著不急的回覆琳兒。

「現在已經六點五十分了，過了七點就會很堵車的，電話也連不上，我們就這樣等著嗎？」琳兒企圖讓師傅不要再等了。

「昨天和他說好的啊！」師傅依然淡然的態度。

琳兒再一次打開一看，這個拼友明顯下單時間是約定七點十五分，這一看她大概明白了師傅為什麼如此堅持一定要打電話給拼友了：「師傅，您這個接單七點十五分，我真的會遲到的。」

「那不然你就去前邊去坐車，那邊很多車的。」司機師傅的依然淡定的說。

「您這個時候讓我去坐車？」琳兒聽到司機師傅這話氣得要吐血的節奏，現在的滴滴司機真的是越來越不靠譜了，沒有一句話就隨意取消訂單、下單前都說好上車之後完全不同的狀態、臨近到點的時候一條短信「不好意思」便取消訂單，當然還有就是像今天這個師傅集多種現象為一體的狀態，若是不著急其實還好，著急的時候那心急如焚的感受著實不好受。

「打通了！他馬上就到。」師傅終於聯繫上拼友。

琳兒一直不語，她認真的觀察著自己的內心，她真的的十分著急的，若是現在換車不一定可以順利換到，回去開車已然是來不及的一件事兒了，來回坐車倒地鐵一路下來必然風塵僕僕的，到了之後又怎麼能有精神狀態分享呢？經過內心的思考，她決定既來之則安之。

時間一點一點的過去了，馬上就到的拼友始終不見人影，琳兒覺得這麼等下去真的不是辦法：「師傅，您給那哥們去個電話唄！到底現在到哪兒了？出來了沒有啊？過了七點可就是巨堵的時候了，您不著急我真急了。」

「打了，他已經在路上了，我經常走，沒事你放心吧！來得及。」司機師傅想當然的以為。

這是琳兒每天早上必做的經歷，早已把規律瞭解的十分清楚了，她不想和司機師傅爭辯什麼，畢竟「秀才遇上兵，有理說不清」，更何況如此自以為是的心態，更是沒有辦法溝通了。

這時候離正式分享課程的時間只有一小時五十分鐘了，如此的早高峰時段，看起來遲到已經是一件必然的事情了，只是覺得這樣一來十分尷尬局面。因為琳兒太在意自己的期望值和自己的原則了，所以她內心焦急萬分，可如此她也無法做到「無欲則剛」呀！

帶著一顆抱歉的心和公司的同事溝通著接下來遲到的準備，她實在不希望被人等待許久的那種感覺，既然已經無法改變了，那麼不如提前調整一下，這樣可以盡量不浪費大家的時間。當一切協調安排好之後，琳兒的心也安然了些。

拼友姍姍而來上了車，一路上大家都沒有說話，十分安靜，應該都不願意說什麼吧！一路上開開停停的，司機師傅也開始不斷的歡氣了，他大概在後悔沒有聽琳兒的話，現在一路只有堵著慢慢前行了。

就在琳兒一直看著導航計算著時間，自己差不多剛剛好能到時；前方交通管制，國家大領導要出門了，整條街全程封閉起來，這下本就擁堵的交通，片刻成了最大的停車場，還好自己沒有抱有僥倖心理，提前有協調。一直到一輛輛員警開的摩托車領頭，一輛輛各種不同類型的車輛，從封閉的道路上開了過去，幾分鐘間道路立馬順暢起來。

最終遲到是必然的結果了。有些人總是願意拿自己的主觀意識去判斷人事物；有些人搞不清楚輕重緩急的遵循著自己認為的原則。俗話說得好：「不聽老人言，吃虧在眼前。」聽從經歷過有經驗的人的話進行參加，可以讓自己加快速度到達目的地，反之則一路行走於曲折蜿蜒間。善於尋找機會靠攏智慧的人，借用他人之力成長自己的人，可謂具有慧根之人。

　　時間也是一種空間，
　　稱為第四度空間。
　　活在二度空間的生物，只有直線與平面，
　　活在三度空間的生物，能夠上下左右前進後退。
　　而我們活在時間的軌道上，於是跟著分秒前進。
　　沒有了時間觀念，
　　那就是低次元的生命，
　　超越了時間的速度，
　　才有翻騰的靈性。
　　時間觀念，是人性的基本態度，切莫辜負。

女人女人

時代不一樣了，環境不同了，

女人要保有傳統的生活模式已是夢話，

於是要有新時代的新思維與新能力。

「每次認認真真的讀完你的文章時，都有種身臨其境的感覺，感覺自己就是琳兒身邊的那個隱形人，觀察著琳兒的一舉一動，祝福我最堅強最強大最親愛的琳兒，一生平安幸福，我愛我心中的那個琳兒。」密友格格發來一條微信信息給琳兒。

格格是一個特別溫柔體貼的女子，每次聽到她柔情的講話，都會覺得那是一種享受。琳兒與她認識不到一年，但彼此間卻有懂得一份情誼在。也許是因為彼此有相似之處所產生的共鳴，所以才稱她為密友。

格格說今天她就要把孩子送回去了，心情帶著那麼的無奈。是呀！相聚總是短暫的，孩子即將開學了，就得把孩子送回爸爸那兒了。母子的分別總是悲傷的，格格告訴琳兒每次分別的時候，孩子都會哭的淚人兒似的讓她好揪心的。她多麼希望孩子可以留在自己的身邊，但是法律的判定讓她只能選擇接受。

當代社會的快速發展，經濟增長加快，離婚率也在大幅增長著。看著周圍的姊們密友們，一個個都獨自一人帶著孩子面對社會各種挑戰，琳兒除了感同身受以外，更多的是一種心疼。

佳是和琳兒性格極像的一個閨密，佳長得非常漂亮，身材也是十分的完美，她見證了佳的戀愛到婚姻的整個歷程，更是見證

了一個讓人痛心、常人無法理解的結局。佳剛剛生完孩子還沒過月子，就收到了老公的離婚消息。生育孩子對於女人而言，那如同經歷生死的考驗，然而就是在這樣的時候，對方提出了離婚。琳兒心疼的問佳接下來該怎麼辦？佳卻自信的說：「你能做得那麼好，我也一定可以。」她知道話雖這樣說，可心裡那份痛只有她們自己知道。

琳兒心疼密友，也心疼與自己一樣的女人，面對這樣一個結果，這樣一份挑戰，也許唯有往前衝，方能贏得希望，那是媽媽對孩子的希望，是相依為命只為出頭之日。不得不佩服現代的所有單親媽媽的勇氣和付出，默默的承受著各種壓力和巨大的挑戰。

不知道是社會的經濟飛速發展太過快了，還是人文文化轉為西方化太過了？男人女人既沒能好好學習傳統文化的傳承，又沒能學會西方文化的精髓，不中不西的尷尬處境，導致多少婚姻破碎。與男人而言，婚姻破碎並不影響再一次的幸福；往往女人卻耗盡一生只為孩子不受一絲傷害。

這個時代，男人辛苦，女人更辛苦。

男人艱困，女人更艱困。

女人要會的，男人不必懂；

男人會的，女人卻都要會。

這本書，期待能夠驚醒少數的男性，但不奢求。

這本書，盼望能夠鼓舞有緣的女性，有我同在。

我們是那麼值得珍藏，卻遭如此對待。

我們是那麼需要依靠，卻只能仰賴自己。

我們是女王，你卻當女僕，

我們是女神，你卻直往地獄鑽。

男人，我無言。

女人，當自強。

過自己的生活，做自己的良伴，

愛就在自己的方向。

⊞ 孤獨終老，也是一種修行

人生何處不寂寞，
喧嘩至極也孤獨。

曾經無數次出現在腦海裡的畫面：我仰望著窗外藍藍的天空，屋裡光線略顯不足的暗淡，我斜靠在床上的一個角落，獨自一人就那樣極度安靜的待著，彷彿早已經知道自己即將就要離開這個世界，那一刻是了無牽掛的感覺，唯獨擁有著一絲孤獨的涼意，那是對自己一身走來的感歎，但最終也走的安然。

每當這個畫面的浮現眼前，質感那麼的真實，情緒那麼的感動，離別那麼的淡然處之，彷彿早已準備好了如此的安排，如今的當下不過是朝著那個方向在前進，過程自己選擇，精彩自己創造。

從出生開始，我的生命中唯有母親的陪伴最多，母親也是出於保護，一直就是被圈養著，每次望著窗外的小朋友們嬉鬧玩耍著，心裡好是羨慕，而我只能被迫選擇聽話照做留在家中，那是年幼但倔強的我，不知自己悄悄的哭過多少回，不僅是因為沒能和大家玩耍，更多的是那一份孤獨感讓我覺得是那麼的壓抑。

學生時期家庭的貧富過山車，加速了孤獨靈魂的洗禮，如同被拋棄於深不見谷底的懸崖裡，漸漸消失殆盡了希望，唯有自己一直守在身旁，那是一種自我相依為命的體驗。星星之火可以燎原，在孤獨中絕望，又在孤獨中堅強……

一路我行走在孤獨的軌跡上，無數次企圖通過自己的反抗逃

離它，卻被無形的軌道綁得嚴嚴的，每一次的脫軌事件的發生後，留下的只有慘澹收場的悲劇，滿身的傷痕只有自己慢慢修復。

一次次的經歷，一段段的事故，終將叫醒了睡夢人，我究竟還是靜了下來，也開始了不斷的思考，時刻提醒自己「覺醒」，不允許沉睡的魔咒再次的侵入，保持覺知的生活著、工作著。即使是孤獨，我卻仍然可以擁有自己。

然而一切的發生竟是如此的神祕，轉念的力量強大到瞬間的爆發，五彩繽紛的世界近在眼前。

羨慕著外面的世界，忙碌的追求著欲望，追趕著無知的夢想，把自己遠遠的拋下漸漸丟失在無盡的黑暗中。軀體的運作缺少了靈魂的安裝總是缺少了神韻，猶如行屍走肉般的存在於世間。

「尋找自己」，「真愛＝自己」。

都說「九」為一個小迴圈，一個迴圈可能是九秒鐘，也可能是九小時、九天、九個月、九年……，說短不短說長不長，短到來不及眨眼間，長到無限可能處，而我在認識師父後，僅用了九天這樣的迴圈，完成了如此不凡的蛻變，那是一種觀念的推翻。

顛覆了原有的認知，才有新的希望。

在某一刻，我會發現自己，看似很愛自己，然而我問自己，這麼多年不曾為自己而活過，更談不上愛了。一個連自己都不會照顧的人，怎麼照顧的好你愛的人？一個連自己都不沒有的人，還能做好什麼呢？

聲聲喊著一生追求摯愛，跌跌撞撞為尋真愛，月老像下求姻緣，一心只願為愛癡狂，殊不知是那瓊瑤小說太過入迷了，還是神話傳說中了邪，總是企圖找到另一半的自己，如此才是全部的

自己。直到，找回自己的那一刻方知道，所謂的另一半不過是軀體內在的那個靈魂。

完整的自己，雖也有孤獨，但已是享受，而非曾經的絕望和折磨。那是一種淺淺的藍色心的追隨，孤獨不再是星空閃耀光芒後的失落，卻是那一瞬間留下永存心底的回憶。

人類是群聚的動物，

靈性是獨立的個體。

總是在單一時，想找到伴侶；

總也是有人同行之時，更覺孤寂。

不能承受孤獨，那麼就無法成就任何目標。

不能領悟寂寞，那麼就難以跨越生命的課題。

我們解決了一個又一個的問題，

達成了一次又一次的勝利。

最終仍離不開生老病死的宿命，

依舊逃不了成住壞空的自然。

喜怒哀樂都有過，悲歡離合不必說。

為了拼湊出精神，卻忽略了肉體的風化。

放縱於名利的追求，卻忘了心靈的缺口。

當我找到了，時間可能也到了，

在輪回的接縫處，我不願再迷茫，

不願從一場夢，再進入另一場夢，

於是我修行，修煉我心之行。

體驗瀟灑，感受喜悅的淡然。

▎我開家長會許多年了

當家長也算領導吧，雖只是代理家長，
卻也培養了我獨當一面的能力。
從壓力變成了戰力，從思緒壯大了格局。

　　週末的車依然是那麼的多，這就是京都的特色，我焦急的心情隨著時間的流逝，開始急躁不安起來。明明提前了半小時出發，現在看來就要遲到了，前面的車輛排得滿滿的，一動不動的定在那裡，彷彿這就是一個停車場，分明就不可能會有前行的可能。

　　還好熟悉的地方，透過各種變換小道，我還好如願趕達學校，還沒有走到教學樓就已經可以見到一波一波的家長們急忙趕向家長會的現場，我也是其中的一員。踏進教室門時，原本就擁擠的桌椅板凳在擠滿了家長的時候顯得更加狹小了，還有些家長體格健壯擠得桌椅都錯了位，放眼望去，即使現在這樣的一個高中家長會中，大概自己在所有家長裡依舊是最小的啦！

　　記得我第一次開家長會的時候，那時候還不到十六歲，父母的普通話不好，很難和老師可以順暢的交流，所以開家長會的責任就落在我的身上。我自己還是學生的心態，帶著一份忐忑不安的心踏進了櫻子的小學家長會教室，因為是高年級了，家長們幾乎都是三十多歲的年齡了，我感覺自己那一刻像個孩子一樣弱弱的找個地方待著，不敢大聲出氣，生怕被人問到自己似的，那狀態一點兒不像是來開家長會的，倒是像極了做錯事兒的孩子。

　　就這樣我安靜極了坐在一旁，靜靜的呆著聽老師講話，其實

腦袋裡一片空白，根本沒有聽進去說了些什麼，只想快點兒結束我就可以離開了。

後來漸漸的家長會開得多了，慢慢的不再那麼緊張，也可以去和老師溝通妹妹的學習情況，有時候二個妹妹家長會一前一後，我都是像趕場似的，這個結束趕去另一個。在後來的日子裡，家長會就成了我的職責了，尤其是一些重大決定的時候，我也就可以當場做主了。因為父母和妹妹們的那份完全的信任，我想真的就是一種大家長的擔當，那是一份巨大的責任感。

從小學到初中再到高中，我一直都是家長會的代表。後來到了么妹的小學、初中再到如今的高中，我既是大姊的角色，又是大家長的角色，當二者角色重疊的時候，其實帶給我的那份責任和使命是有巨大壓力的。

妹妹的同學們都知道她們是姊姊開家長會，都顯得十分的羨慕，也正因為是姊姊的角色，所以我會很容易站在她們的角度上去思考問題，她們會比較喜歡我開家長會的這種感覺。有時候也因為家長當太久了，大家長那股望子成龍、望女成鳳的頑固思想也時常冒了出來，會讓她們覺得自己要求太高而遠離自己。

班主任說：「我想我們在座的家長和我一樣，都是七〇後……」我被班主任的話拉回了思緒，看到桌上一封「吾姊親啟」，這是一封留給我的信，因為這次的成績下降，期望我的理解，但更多的是不希望父母對她的指責和嘮叨……

團隊中的角色互換，方能真正感受對方的困難。

站在各種不同的立場，思緒也會變得不一樣。

遠見不能是口號，格局不能是幻想，

而是在尚未真正發生之前，提早體驗，方知前瞻。

誰是家長並不重要，

重要的是如何讓這個家成長。

長城上蛻變的月亮

作　　　者／蕭悅
特約總編輯／許宏
美 術 編 輯／孤獨船長工作室
責 任 編 輯／許典春
企畫選書人／賈俊國

總　編　輯／賈俊國
副 總 編 輯／蘇士尹
編　　　輯／高懿萩
行 銷 企 畫／張莉滎・廖可筠・蕭羽猜

發　行　人／何飛鵬
出　　　版／布克文化出版事業部
　　　　　　臺北市中山區民生東路二段 141 號 8 樓
　　　　　　電話：(02)2500-7008 傳真：(02)2502-7676
　　　　　　Email：sbooker.service@cite.com.tw
發　　　行／英屬蓋曼群島商家庭傳媒股份有限公司城邦分公司
　　　　　　臺北市中山區民生東路二段 141 號 2 樓
　　　　　　書蟲客服務專線：(02)2500-7718；2500-7719
　　　　　　24 小時傳真專線：(02)2500-1990；2500-1991
　　　　　　劃撥帳號：19863813；戶名：書蟲股份有限公司
　　　　　　讀者服務信箱：service@readingclub.com.tw
香港發行所／城邦（香港）出版集團有限公司
　　　　　　香港灣仔駱克道 193 號東超商業中心 1 樓
　　　　　　電話：+852-2508-6231 傳真：+852-2578-9337
　　　　　　Email：hkcite@biznetvigator.com
馬新發行所／城邦（馬新）出版集團 Cité (M) Sdn. Bhd.
　　　　　　41, Jalan Radin Anum, Bandar Baru Sri Petaling,
　　　　　　57000 Kuala Lumpur, Malaysia
　　　　　　電話：+603-9057-8822 傳真：+603-9057-6622
　　　　　　Email：cite@cite.com.my
印　　　刷／京峯彩色印刷有限公司
初　　　版／2018 年（民 107）2 月
售　　　價／360 元
Ｉ Ｓ Ｂ Ｎ／978-986-95891-6-1

城邦讀書花園　布克文化
www.cite.com.tw　WWW.SBOOKER.COM.TW